永遠的第1名

No.1
For you

WBL

BOY'S LOVE TV SERIES

W
WE BEST LOVE
B
L

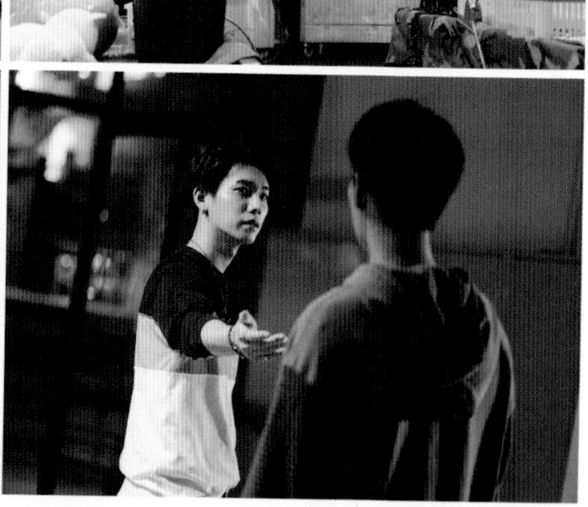

99

永遠的第1名

No.1
For you

曾經，你讓我眼裡只看見你，
這種相遇，是記在心底的幸運。

小說作者／羽宸寰　原著編劇／林珮瑜

Contents

序

「我看妳的書長大的！」

這是初次見面時，小羽對我說的話，當下只想到六個字——

好想吊起來打！

這個一點都不知道我多凶殘的妹子，到現在見面時還是偶爾會說這話，讓我有機會給她一個鎖喉以示薄懲——好吧，她就是個抖M。

一如她看我的書長大，如今在耽美小說界以「羽宸寰」之名揮灑出一片燦爛天空的她，還是我眼中那個俏皮精怪又體貼窩心的「小羽」。時間流逝，變的是各自的際遇，不變的是對文字創作的熱愛與彼此的交誼。

嗯，到現在還是想把她吊起來打，呵！

看著她書寫的故事，我想起這回創作的初衷——

用一個簡單的方式聊聊關於「暗戀」與「愛」。

小羽用她的認真與文筆將劇本轉化為小說，提供了戲劇以外的想像，充實藏在每個角色裡對愛的渴望。

這是她第二次改編我的耽美劇本，面對一個工作態度嚴謹、務求切合劇本核心的改編小說家，而這人剛好是我妹子時，能說什麼呢？

嗯，這次就不吊起來，改綁起來打好了。

——決定先打完頑皮妹子再回黑屋的林珮瑜

楔子

「她究竟哪裡比我好？」
「她樣樣不如妳。」
「那妳還和那個女人在一起？」
「至少在她面前我是個男人，是個被崇拜、被需要的男人。」

放學回到家的男孩，一手拿著小學五年級的國語課本，一手伸向大門旁的電鈴，卻在聽見裡面傳出來的聲音後默默放下準備按門鈴的手，用兩隻手摀住耳朵，想藉著這個動作讓自己聽不見爭吵的聲音，然而尖銳的聲音卻不斷貫穿他的耳膜，讓他清楚聽見屋裡發生的一切。

他不懂「外遇」是什麼意思，只知道父親在家裡的時間越來越少，母親躲著他哭泣的次數越來越多，原本充滿笑聲的房子，只剩下疏離與冷漠。

突然，大門被猛然推開，從屋內走出來的人正好看見站在門外的男孩，男孩不自覺地往後退了幾步，眼神中透著害怕。

「連你也看不起我，是嗎？」

男人自嘲地說了句，卻忘了十歲的孩子哪會有什麼看得起或看不起的想法，最後看了孩子一眼，離開在他心中已經沒有價值，也不需要留戀的地方。

敞開的大門內，男孩看著一向堅強的母親坐在客廳沙發掩面哭泣，不知道該怎麼安慰媽媽，於是輕輕地關上門，轉身走回自己最熟悉的學校。

＊＊＊

教室旁的走廊，堆放著等待汰舊換新的課桌椅，走廊末端的臺階上，男孩抱著膝蓋偷偷哭泣。

「喂！你怎麼了？受傷囉？你還好嗎（だいじょうぶか）？」

突然，陌生的聲音從前方傳來，穿著黑色上衣的臺日混血小男生走向臺階，好奇問著放學後卻還留在學校的男孩。

「……」

男孩抬起頭看了對方一眼後，再次把臉埋進手臂，任由眼淚在淺藍色的襯衫袖子上留下被淚水弄溼的痕跡。

「給你。」小男生從褲子口袋拿出手帕坐在男孩身旁，扯扯他的衣角，把手帕遞給對方：「別哭了，眼淚鼻涕都糊在一塊兒，很醜的。」

「關你什麼事。」

哭泣的人沒有接過手帕，只是倔強地用袖子抹去眼淚。

「你為什麼要哭啊？」

「我爸他不要我跟我媽了。」

十歲，雖然有很多事情他還不懂，卻知道「離婚」這兩個字的意思。

身為單親家庭的同學說過，離婚就是爸爸和媽媽會分開，小孩子只能選擇是跟爸爸在一起？還是和媽媽在一起？

卻不能像以前一樣，是全家人開開心心地生活。

「可是你還有媽媽，不像我……」小男生低頭看著始終握在掌心的手帕，認真地說：「我媽媽已經去當天使了！」

「當天使是什麼意思？」

小男生拍拍小夥伴的肩膀像個大人一樣說著安慰的話：「意思就是你還可以見到爸爸和媽媽，可是我就算再難過再傷心，我的媽媽都不會再回來了。」

男孩看著那張難過的表情，終於拿走對方手中的白色手帕，擦掉糊在臉上的鼻涕和眼淚。

「不然這樣好了，我把我的爸爸分給你，反正我跟他在一起也沒什麼好事。」

「哪有人把自己的爸爸隨便給別人的。」

小男生聽著對方的反駁，贊同地點了點頭：「也對，不然我把自己給你，有什麼不開心的事情就來找我，我給你靠！」

「噗哧。」

原本哭得滿臉鼻涕眼淚的男孩被逗得笑了出來，小男生看著終於展露笑容的小夥伴，童言童語地說：「笑出來就好，我老爸說，與其哭泣不如笑著讓自己變強，因為哭泣的話只會孤孤單單地哭泣，可是如果微笑，全世界都會和你一起微笑。」

「一起……微笑？」

男孩聽著他不太能理解意思的字句，納悶看著坐在旁邊的人。

「書逸，你在哪裡？」

兩個小孩子正說著話，遠處突然飄來尋人的聲音。

「我在這裡！」

小男生站了起來，拍拍屁股上的沙子後走下臺階，往聲音傳來的方向跑去。突然，他停下腳步，轉頭看著依舊坐在原地的男孩，露出大大的笑容，說：「想哭就來找我，我給你靠。喔對，我叫周書逸，三喬國小五年一班，你呢？」

背對夕陽站在逆光下的小男生，看起來就像繪本裡的天使，溫暖又善良。

男孩看著站在陽光下的人，紅著眼眶回答：「我叫高仕德。」

周書逸點點頭，對著剛認識的小夥伴微笑：「高仕德，很高興認識你，我先回家囉！」

說完，對著高仕德揮了揮手後，才轉身離開。

坐在臺階的人看著逐漸遠去的背影，發呆……

＊＊＊

十二年後

更衣室內，周書逸站在鏡子前調整泳褲和泳帽，取下垂在胸前的項鍊親吻鍊子下方的吊飾，然後珍惜地將它放進置物櫃，關上櫃子，自信地看著鏡子裡的自己。

我爸常跟我說「失敗是理所當然（失敗してもたり前），成功便是男子漢（成功したら男前）」，當初他就是用這個態度從日本追到臺灣，才終於把老媽追到手做他的老婆。

方政文，不好意思，要搶在你的前面脫單，只要今天在游泳社的新生ＰＫ賽中拿到第一名，我就要和暗戀多年的女孩告白。

「TODAY IS MY DAY！如果今天拿了第一名，我就要——」

沒說完的話，被自信滿滿的笑容取代。

這次的比賽，他勢在必得。

蔣聿欣，等著接受告白吧！

一起在畢業前，成為被所有人羨慕的校園情侶。

校內泳池的入口處拉著顯眼的布條，藍底白字的布條上寫著「新生入社傳承ＰＫ賽」這幾個大字。

「學長！學長！學長！」

「周書逸！周書逸！周書逸！」

披著藍色毛巾的人剛踏進比賽場地，立刻引起尖叫和歡呼的聲音，很自然地站上位於正中央的跳臺，就像總是站在C位的巨星，對於周遭的羨慕與崇拜早就習以為常。

目光，掃視著泳池盡頭的觀賽區，直到看見一張熟悉又漂亮的臉孔，周書逸酷酷的臉上才終於揚起喜悅的弧度，看著一起長大的青梅竹馬，看著他偷偷暗戀多年的女孩，微笑。

泳池邊，負責主持本次比賽的劉秉偉，是法律系四年級的學生，看著被稱作校草的好友如此受歡迎，忍不住勾起嘴角，拿起麥克風說。

「游泳隊老鳥ＰＫ新生的迎新賽即將開始，游泳社的學長們，請拿出你們最強的實力全力衝刺吧！」

「加油！加油！」

觀眾席上，蔣聿欣把手圈成話筒狀，對著跳臺區奮力大喊。愛戀蔣聿欣，並打算在比賽後對她告白的周書逸，很自然地認為女孩是在替自己加油，於是隔空對她眨眨眼睛，用帥氣的笑容做出回應。

同樣站在跳臺上，和蔣聿欣、周書逸同為青梅竹馬的方政文，則對激動高喊的女孩點了點頭，靦腆微笑。

劉秉偉舉起鳴槍，對著麥克風高呼：「預備！」

選手整齊劃一地做出入水前的預備動作，突然從人群中發出扯著嗓子的嘶吼。

「高仕德！我愛你！」

突如其來的迷妹告白，不僅讓坐在觀眾席的學生們笑成一片，就連站在跳臺上的周書逸也因為這句話詫異轉頭，瞪著距離自己三個水道的選手。

「高仕德！你為什麼在這……嗚啊！」

看見某人也站在比賽的跳臺上，周書逸突然直起身子，卻因為用力過猛重心不穩，腳下一滑，連話都還沒說完就摔進比賽專用的泳池。

嘩啦！

隨著四濺的水花，周書逸一點也不帥氣地栽進水裡，本想立刻浮出水面，沒想到趾尖剛踩在池底，右小腿的肌肉就傳來劇烈的抽痛，不得不彎下身體用手指掐住抽筋的部位緩解疼痛。

泳池邊，遲遲等不到游泳社主將浮出水面的觀眾，以為這是事前安排好的橋段，於是紛紛伸長脖子等著接下來的驚喜，主持活動的劉秉偉也用開玩笑的語氣對沉在池底的主將喊話。

「周書逸，你用這種方式來吸引大家注意也太遜了吧！」

就連坐在觀眾席的蔣聿欣也滿臉問號地喃喃自語：「那傢伙該不會是因為

太丟臉所以乾脆潛水不出來吧？」

只有站在跳臺上的方政文皺著眉頭，盯著蜷縮身體的好友，說：「好像不太對勁。」

嘩啦！

跳入泳池的聲音再次響起，就在所有人議論紛紛時，同為選手的高仕德一個縱身跳入泳池，游向小腿抽筋的周書逸。

周書逸看見來救援的竟然是他的死對頭後，不爽地推開被他抓住的手臂，卻被高仕德強勢摟住腰部，踢著水往水面游去。

「咳咳，咳咳。」

浮出水面的周書逸，一邊咳嗽一邊瞪著抱著他游向梯子的人，忍不住想起以前的事情，咬著牙在心底OS：

怪不得有人說：挫折，是一生的敵人；失敗，是生活裡的石頭。

而那顆老擋在他前面，讓他再也無法驕傲，礙眼又讓人不爽的石頭，都叫做——高、仕、德！

＊ ＊ ＊

國小禮堂

「恭喜周書逸榮獲這次的全校第一名，大家掌聲鼓勵，恭喜周書逸同學。」

講臺上，小學六年級的周書逸露出笑容，從校長手中接過代表榮譽的獎狀，原本站在講臺右側的教務主任卻匆匆跑了過來，壓低聲音對校長說了幾句話。

只見校長的臉上逐漸浮現尷尬的表情，抽走周書逸拿在手裡的獎狀，再次確認獎狀上的名字後，對著教務主任點了點頭。於是教務主任讓另一個男孩和周書逸交換領獎的位置，讓他站在隊伍的排頭。

校長再次舉起麥克風，對著臺下的師生以及前來觀禮的家長，說：「抱歉，剛剛看錯了小朋友的名字，本次的全校第一名是高仕德同學，我們一起用最熱烈的掌聲恭喜高同學，恭喜恭喜。」

啪啪啪啪啪！

如雷的掌聲自講臺下方響起，被迫調換位置的周書逸，不甘心地瞪著被光環和掌聲包圍，那個可惡的、討厭的、永遠的——第、一、名！

從那天起，高仕德就像甩不掉的跟屁蟲，從國小到國中、從國中到高中、無論學業成績、美術比賽、演講比賽、全國科展等等等等，凡有那傢伙的地方，他就是「萬年第二名」，永遠被榜單上「高仕德」這個名字狠狠壓在下面，怎麼都無法翻身。

於是他發誓總有一天，要擺脫萬年第二名的可恥稱號，來個漂亮炫麗的逆轉勝，狠狠踩下高仕德的驕傲，重新找回屬於他的第一名的寶座，因為……

「我最討厭被人——壓、在、下、面！」

＊　＊　＊

剛從池底被拯救回游泳池邊，二十二歲的周書逸，用力推開替自己按摩小腿的高仕德，咬牙切齒地瞪著和記憶中的小屁孩有著同樣長相的傢伙，拖著才剛抽筋的右腿，忿忿逃離比賽的會場。

第一章　讓我們一起窒息吧！

更衣室

「可惡！竟然讓我在那麼多人面前丟臉！痛——」

周書逸打開置物櫃想要拿回放在櫃子裡的項鍊和個人物品，卻因為用力過猛被櫃子的門打到自己的臉，當場摀著被打疼的臉罵了句粗話。

跟著走進更衣室的方政文和劉秉偉，以為好強又自尊心超高的好友因為輸了比賽而難過，於是扶著周書逸坐在置物櫃前的長凳。

「人沒事就好，別難過了。」

劉秉偉接著方政文的話，安慰：「就是說啊，跌進泳池這種鳥事，學游泳的人誰沒摔個十幾二十次？再說了，往好處想，你這麼一摔，摔得全世界都認識你，成了校園紅人耶！」

「都是那個該死的高仕德，害我在那麼多人面前丟臉。」

尤其害他在自己暗戀的女孩面前丟臉，這筆帳他絕對要狠狠地還回去。周書逸暗暗在心裡發誓，突然想起一件很重要的事情，於是轉過頭，瞇起眼睛瞪向坐在身旁的死黨。

「你為什麼沒告訴我，姓高的也來參加比賽？」

劉秉偉被銳利的眼神瞪得心跳漏了一拍，撓著後腦心虛地說：「我還以為……只是同名同姓……」

身為游泳社社長兼「新生入社傳承PK賽」主持人的他，雖然在比賽前就看過選手名單，不過怎麼也想不到怕水又是旱鴨子的高仕德，竟然以大四學長的身分報名參加游泳社的迎新比賽。

「算了，大家認識那麼久，都是老朋友了……」

試圖打圓場的方政文，話還沒說完，就被另一個人打斷。

「誰跟他老朋友？從小學五年級開始，那傢伙就陰魂不散地跟在我附近，從國小到國中、從國中到高中，本想說大學考上不同學校終於能甩掉那個討人厭的傢伙，沒想到他竟然在大二的時候轉來我們學校。靠！我都忍他忍到大四了，這次再放過他，我他媽的就是塑膠。」

周書逸越講越氣，說話的音量也大到整間更衣室裡的人都能聽見。

身為死黨的劉秉偉第一個跳出來支持，拍著胸口說：「沒錯，不能讓他看扁了，想怎麼整他？算我一份！」

「好兄弟！」

周書逸緊緊握住劉秉偉拍在胸口處的手，後者看著自己被握住的手暗自竊喜，決定大幹一場的兩人看著對方的臉，露出邪惡的笑容。

「唉。」

一旁，方政文擔心地看著達成協議的兩個人，重重嘆氣。

於是，接下來的幾個禮拜，高仕德的周遭陸續發生各種奇怪的事情。

本來打算使用的吹風機被倒入爽身粉，害得打開開關的人被噴得滿臉白粉；或是籃球比賽後學妹請他喝的汽水被人用力搖晃過，一扭開瓶蓋就碳酸飲料大噴發。

只不過就像有人天生狗屎運，走路撞樹開車撞電線杆，高仕德正好相反，無論是被倒滿爽身粉的吹風機，還是被搖晃過的汽水，他統統逃過一劫，遭殃的全是圍繞在他身邊的系上同學。

「靠！是炸彈！」

同樣是資工系四年級的石哲宇，瞪大眼睛看著噴了自己滿身糖水的寶特瓶，當場傻眼。

高仕德撕開汽水的外包裝，看見瓶身上用黑色簽字筆寫了「笨蛋」這兩個字，剛抬起頭，就看見二樓看臺區上正在和另一個人說話的周書逸。

「你不是東京死神柯南附體就是去哪裡卡到陰，不然怎麼到哪裡都有怪事發生？」

無辜遭殃的人一邊拿毛巾擦拭弄溼上衣的碳酸飲料，一邊對著好友碎念。

「有嗎？」

「再不然就是你得罪了什麼人，有人想找你碴。」

「是嗎……」

心不在焉地回應著，視線卻落向站在二樓看臺的周書逸。

他當然知道最近的「怪事」是誰的傑作，卻不想戳破，只要能讓那個人的眼中有自己的存在，就算被整也心甘情願。

高仕德彎起嘴角，對著二樓的看臺區微笑，始作俑者心虛地移開視線假裝和旁邊的劉秉偉說話。

然而才剛掛上笑容的臉龐，卻在看見劉秉偉把手搭在周書逸肩膀上的那一刻，消失……

＊　＊　＊

管理學院大樓

「嘖，那傢伙的運氣也太好了。」

財金系的教室內，周書逸坐在最後一排，把腿翹在書桌上，習慣性地摸著掛在胸前的項鍊墜子，喃喃自語。

原本打算用手機拍下高仕德出糗的樣子，沒想到幾次下來的整人計畫，整到的都是高仕德身邊的人。

方政文捏著粉筆看向劉秉偉：「喂！還有什麼招數沒用過？」

黑板上不但用斗大的字體寫著「一百萬種惡整高仕德的方法」，還詳細列出各種稀奇古怪的整人方法，什麼蟑螂水餃、威而鋼炒飯、鞋子泡咖啡、水壺泡粉筆灰、蜜蠟除毛、小人扎針、芥末泡芙、肉醬聖代、辣椒粉撒泳褲，以及不久前剛剛失敗的可樂炸彈。

「要不要……」劉秉偉放下粉筆走向整人計畫的主謀，壓低聲音神神祕祕地提了個主意：「找流氓圍毆他？」

話剛說完，就被周書逸吐槽：「你有事嗎？虧你還是唸法律系的，居然出這種爛招。」

方政文也跟著扔下粉筆走到教室後方，溫和勸道：「不然算了吧，反正已經大四下了，再忍一忍就畢業了。」

被勸說的人很不以為然，抬高下巴反駁：「就是因為快畢業了才要好好整他，給他的大學生活留下深刻的畢業紀念。」

方政文無奈地嘆了口氣，說：「小學六年級的時候你也說過同樣的話，結果自己摔進樹洞，還是高仕德經過附近救了你。國三的時候是、高三的時候也是，每次說要留下紀念，最後遭殃的都是你自己。」

這句話就像踩到了貓尾巴，讓本就心高氣傲的小貓當場炸毛。

「你什麼意思？覺得我會永遠輸給他嗎？」

「我的意思是你們都成年了，有話可以好好……」

方政文的話還來不及說完就被對方打斷，周書逸氣得抓起背包站了起來，對著教室內的另外兩人撂下狠話。

「我就是要整死他，誰都別想攔我。」

「周書逸！」

方政文喊著好友的名字，想攔下總是衝動行事的人，站在一旁的劉秉偉聳聳肩膀打算和周書逸一起離開，怎知才剛起身，就被生氣的人吼了回去。

「別跟著我。」

「喔。」

劉秉偉只好摸摸鼻子坐回桌面，看著從教室衝出去的背影消失在視線範圍。

「都二十一歲了，還那麼任性。」

方政文看著寫滿整人計畫的黑板，忍不住嘆氣。

「都二十一歲了，還是那麼可愛。」

另一人卻如迷弟般看著某人離去的門口，露出寵溺的笑容。

＊　＊　＊

隔天

校園一隅的教室內，擺放著黑色的平臺式鋼琴。

校友捐贈的史坦威鋼琴雖然有了歲月的痕跡，但是校方每年都會請專業調音師和維修師前來保養和調音，所以雖然擺在這裡許多年，音色仍然飽滿靈敏，即使連奏三個高音也能有很好的共鳴。

周書逸用鞋尖踩踏鋼琴底部的踏瓣，配合著由八十八個琴鍵演奏出的音符，將旋律控制得更加延續或者更加柔和。上掀的琴蓋下方，琴槌依序敲擊琴弦，流瀉悅耳的旋律，彈奏鋼琴的人也閉起眼睛，搖晃身體哼著曲子。

與之前的衝動易怒截然不同，坐在鋼琴前的男孩像個儒雅的文藝青年，陶醉在流暢的琴音之中。

教室外，高仕德隔著窗戶站在琴房外的草地，聆聽室內的琴聲，注視著彈奏鋼琴的人。

寧靜、優美、舒緩……

直到琴槌敲下最後一個音符，直到站在窗外的人不由自主鼓掌，發出讚嘆。

「BRAVO！」

「……」

沉浸在音樂中的人驚訝得轉過頭，看著不知道從什麼時候開始就站在外面的死對頭。

「為什麼不繼續？你彈得很好聽。」

「你想聽我就得彈嗎？你誰啊你？」

從未彈奏給任何人聽過的自創曲，卻被他最討厭的人給聽見，周書逸羞惱地回嗆翻過窗框跳進教室內的那個人。

高仕德慢慢地走向對方，側著頭看著周書逸的臉龐，開口：「之前搞出那些惡作劇的人，是你吧！」

「什麼惡作劇？你說什麼我聽不懂。」

身高一八二的人，彎下腰把自己貼近周書逸，在他的左頸處嗅了嗅，然後說：「爽身粉的味道。」

心虛的人當場變臉，把太過靠近的人用力推開，昂起脖子反駁：「聽你唬爛，我早把爽身粉給丟到——」

周書逸剛說完，就看見對方臉上露出「我就知道」的表情，驚覺自己不小心說溜了嘴，於是懊惱地閉上嘴巴。

「你丟了什麼？」

明知故問的口氣讓不知如何辯解的人氣得從椅子上站了起來，忿忿瞪了眼高仕德後，踩著火大的腳步離開擺放鋼琴的教室。

「周書逸……」

直到另一個人的背影完全走出自己的視線，留在教室裡的高仕德才敢放任真實的感情，輕輕喊著珍藏在心中的——他的名字。

＊　＊　＊

「可惡，果然是甩不掉的黏皮糖，無論到哪都可以撞到那個傢伙。」

周書逸臭著臉走在校園內，打算去游泳池游個幾圈抒發不爽的情緒，忽然看見前方有兩個熟悉的背影，於是跟上前去，想從後面偷襲嚇嚇他們，卻意外聽見兩人的對話。

「方政文你是不是討厭我？」

校舍大樓的走廊上，一人停下腳步，轉頭看著始終走在她後面的人，問。

「怎麼可能？」

方政文跟著停下腳步，滿頭霧水地看著對方，蔣聿欣看著比自己小了兩歲的男孩，性格直爽的她不想再這樣曖昧不明，是朋友還是情侶，她今天非要問個清楚不可，於是吸了口氣鼓起勇氣，對著方政文說。

「我喜歡你，如果你不討厭我的話，就在一起吧！」

「……!!」

聽著突如其來的告白，看著他一直偷偷喜歡的女孩，有些猶豫。

周書逸站在兩人後面，聽著意料之外的對話，伸手握住垂在胸口的墜飾，咬著嘴脣鼻腔酸澀。

原來，他暗戀的人喜歡著另一個人。

受到打擊的他只想趕快離開這裡，於是悄悄向後退去，卻不小心把握在掌心的手機掉落到地上，發出清脆的聲音。

「書逸？你怎麼在這裡？」

蔣聿欣和方政文雙雙回頭，看著站在他們背後的童年玩伴。

面對女孩的詢問，周書逸面露尷尬走了過去，勾著方政文的肩膀故作大方地說：「你快答應聿欣，如果你不要她的話，我看也沒人敢要這個男人婆。這樣一來不但青梅竹馬親上加親，還可以肥水不落外人田，記得結婚時給我發喜帖，未來生的孩子得讓我做他的乾爹，就這麼說定了。」

「書逸……」

方政文看著好友，之前就隱約感覺周書逸也喜歡聿欣，此刻尷尬的表情更是證實了他的猜測。剛才的猶豫也是因為擔心周書逸的心情，所以不知道該怎麼回答蔣聿欣的告白。

「別這麼深情款款地看著我，得看你的女朋友。好啦，我這個電燈泡就此告退，不打擾你們的兩人世界。」

周書逸用兩隻手掐著方政文的臉頰，強迫他把視線移到蔣聿欣的身上，然後拍拍他的肩膀，快步逃離讓他難堪的地方。

被淚水模糊的視線，看著從彩色變成默片般黑白的世界，穿過熟悉的教室和走廊，無視四周投射在身上的眼神，甩下背包瘋狂奔跑。

「幹什麼啊？在樓梯上跑步很危險耶！」

從二樓走向三樓，卻差些被撞倒的石哲宇，對著從身邊往樓下衝去的那人大吼。走在後面的另一個人，卻在錯身而過時看見周書逸臉上的淚水，於是想都沒想，便要轉身追去。

「仕德？」

石哲宇抓住高仕德的手臂，訝異他的反應，卻被對方扣住手腕，拉開阻止的動作。

「我突然有事，你先去教室。」

「高——」

被拉開的手無力地落回身側，從大二那年就悄悄停在對方身上的視線，看著離自己越來越遠的背影，露出受傷的神情。

＊　＊　＊

游泳池

「為什麼是政文？為什麼不選我？我不好嗎？政文笨蛋（ばか）、聿欣笨蛋（ばか），兩個都是笨蛋！害我喜歡妳喜歡了那麼久……」

周書逸坐在泳池邊的臺階，扯下始終繫在頸間的幸運項鍊——蔣聿欣送給他的項鍊——握在手中對著空蕩蕩的泳池大吼。

原本滿心期待能和暗戀多年的女孩成為人人羨慕的校園情侶，卻撞見她對方政文告白的場面。還沒開始就已經失敗的初戀，讓他難過地跑離現場，衝進空無一人的游泳館內。

「笨蛋（ばか）！統統都是笨蛋（ばか）！」

周書逸站了起來，淚水不停滑過他的臉頰，走到泳池旁縱身一躍，跳進水中。

嘩啦！

水花濺起的聲音迴盪在空蕩蕩的館內，充滿溼氣的空間有著氯氣的味道。在這裡，他可以盡情哭泣，因為無論他流了多少眼淚，都會融入泳池的池水；無論痛哭的樣子多麼難看，只有一個人的泳池，不會被別人看見他的悲慘。

鬆開握著項鍊的手指，看著項鍊緩緩沉向池底……

那是他很珍惜的項鍊，只在比賽時才會摘下收進置物櫃。

可是現在送他項鍊的女孩，有了比自己更有資格珍惜她的對象，那麼他是否也該放下這份情感？就像放下曾經緊握在手中的項鍊一樣？

突然，一道強大的水流朝他撲來。

周書逸詫異地回過頭，沒想到竟看見快速往自己游來的高仕德，而且還一臉怒氣地拽著他的手臂，強勢地要把他拽離池底。

第一個反應自然是不爽，於是無論高仕德怎麼拉扯，他就偏偏要踢腿往另一邊游去，來來回回幾次之後兩個人的火氣都上來了，於是高仕德勾起手肘扣住周書逸的後腰把人拉向自己。

其實從離開琴房後他就一直跟著這個人，看著他對自己的厭惡、看著他旁觀蔣聿欣對方政文的告白、也看著他難過痛哭的淚水……

於是猛一使勁，把周書逸拽向自己，用力吻上他的嘴唇。

「……」

「……」

水面下，一個嚇得瞪直雙眼，一個則冷靜地踢腿蹬向池底，藉著反作用力和水的浮力，把沉在池底的人帶到水面。

＊　＊　＊

「周書逸你有病嗎？」

「你才有病，幹麼親我？」

剛爬到泳池邊還張著嘴巴不停喘氣的兩人，一開口就是不客氣的互嗆。

「誰叫你死不上來？」

「我上不上來關你屁事！」

周書逸用手臂不斷抹著被對方吻過的嘴脣，厭惡的表情和動作讓高仕德皺起眉頭。

「你就這麼喜歡蔣聿欣？喜歡到看見她和方政文告白就難過到連命都不要？」

高仕德說話的語氣，有著周書逸從未聽過的冷漠，然而同樣的話聽在對方耳中，卻是截然不同的意思。

「等等，你怎麼知道聿欣跟政文……」

告白的畫面忽然閃過腦海，瞬間明白從琴房開始，這傢伙就一直跟在自己的附近，還看到他最丟臉的模樣，頓時惱羞成怒破口大罵。

「媽的！你監視我！」

「我──」

高仕德才說了一個字，就停止替自己辯解。

然而這樣的反應卻再次被另一個人錯誤解讀，以為對方的尾隨是想抓住他的把柄，好「報復」自己之前的惡作劇，於是指著游泳館的出口，對著高仕德咆哮。

「對，我承認之前的惡作劇是我幹的，你就是因為這個想抓我把柄看我笑話是不是？現在你看到了，滿意了吧？滿意了就給我滾！」

「如果難過，就別勉強……」

「滾！別逼我揍你！」

指向出口的右手握緊拳頭，憤怒威脅。

「……」

高仕德擔心地看了眼個性倔強的人，不再開口，轉過身默默離開。

飄散氯氣味的游泳池畔，周書逸坐在冰涼的瓷磚地板，頹喪地看著碧藍色的水面發呆，難過地自言自語。

「什麼幸運項鍊，一點……都不幸運……」

然而周書逸並不知道，在他平穩情緒走出游泳館後，原本已經離開的人卻從另一邊的入口來到泳池旁邊，跳入泳池拾起被遺落在池底的項鍊，然後渾身溼透地走進游泳社的更衣室內，停在周書逸專用的鐵櫃前，把項鍊掛上鐵櫃的把手。

第二章 只要能在身邊，就很好

換了乾淨衣服的人茫然地走在校園，看見在入口處擺放氣球裝飾的大禮堂，禮堂外的看板寫著話劇社此次的公演劇目——屍戀。

改編自日本推理小說大師夏也園子的《屍戀》，講述著某天在一所高中內相繼發現肉體慘遭切除的屍首，然而從每一位被害人的家中，卻又發現其他被害人的部分屍塊，隨著調查浮出檯面的，是十八年前的一樁滅門懸案。同學之間的猜忌與殘忍殺害，並且為了滿足自己的性癖，而帶走了死者的部分屍體……

「還真是……」

苦笑看著用紅色顏料寫在看板上的斗大字體，心想果然是莫非定律，越不希望出錯的一定會出錯，越不希望遇見的就絕對會遇見。

就像才剛「失戀」的他，竟能在閒晃的路上，撞見正在排演「屍戀」的話劇社。

白色氣球做成的雲朵，吸引著他的腳步，讓他一步步走進禮堂，走上話劇社社員們忙碌布置的舞臺，不由得坐在舞臺中央看著正在排戲的同學，自嘲。

「我根本連失戀都談不上……」

沒機會說出口的感情，連被稱為戀愛的資格也沒有，又談何失去。

為什麼，喜歡政文？

為什麼，喜歡的人不是我？

是不是我哪裡做得不夠？

還是我不值得被喜歡的人，喜歡？

自我厭惡的問號不斷在腦中浮現，然而理智給出的解答只有一個——蔣聿欣，就是喜歡方政文。

為什麼，喜歡政文？

——就是喜歡。

為什麼，喜歡的人不是我？

——因為你不是他。

是不是我哪裡做得不夠？

——就算你做得再好，讓蔣聿欣心動的依然只是方政文。

還是我不值得被喜歡的人，喜歡？

——放下吧！放下不屬於你的感情，走向在未來等著你的那個人，那個真正喜歡你，也只喜歡你的人。

「同學不好意思我們要排練了，你坐到我們要排練的椅子。」

穿著白色洋裝的女孩子走到周書逸的面前，彎下腰客氣地說。

「抱歉，我馬上離開。」

回過神的人立刻站了起來，把屬於別人的舞臺讓給它真正的擁有者，臉上的表情也不再灰暗。卻沒發現舞臺的角落，站著始終跟著他的……一個人。

＊　＊　＊

數日後

財金系大樓的附近，方政文大老遠就看見坐在荷花池旁邊的周書逸。

「書逸……」

看著周書逸的背影，情緒複雜地輕喚他的名字。

自從蔣聿欣的告白被這個人撞見後，他便開始刻意躲避會和自己遇見的場合，比如共同選修的課堂、學生餐廳，就連同學在群組內揪聚餐揪唱KTV，都只有已讀不回的顯示。

從小到大他們既是同學又是鄰居，相較活潑愛鬧的蔣聿欣和周書逸，自己在小團體中很自然地成為另外兩人的照顧者，負責收拾他們闖禍後的爛攤子。

高中二年級的時候，他發現自己喜歡上蔣聿欣，然而就讀大一的小姊姊已經有了男朋友，只好收起這份感情繼續扮演溫柔體貼的「暖男弟弟」。

也在那個時候，發現逞強好勝卻又害怕孤獨的男孩，和他一樣，喜歡上了同一個女孩；卻也一樣，只能被當作「弟弟」。

所以他很清楚當你喜歡一個人，可是對方卻喜歡著別人的時候，會是怎樣的心情。所以有些話，他也必須和對方說個明白。

「周書逸，我有事情想和你談，你……」

不給對方逃走的機會，方政文繞過荷花池站在周書逸的前面，對著那張看向聲音來源，還來不及反應過來的臉孔說。

然而他的話還沒說完，背著白色背包的女孩就朝他們跑了過來，手裡還抱著厚重的參考資料，喘著氣解釋。

「不好意思，指導教授不肯放人，要我立刻修改文獻所以遲到了，抱歉抱歉。」

蔣聿欣原本只看見方政文一個人，直到走得近了才注意到被他擋住的周書逸，於是很自然地挽住方政文的手臂，微笑提議。

「書逸也在啊？那正好，我們三個一起吃飯，我請客。」

「……」

無意識的動作，卻讓曾經看不明白的人，再次明白。

「弟弟」和「喜歡的人」之間，果然是截然不同的差距。

比如蔣聿欣會和他勾肩搭背，卻不會親暱地勾著他的手臂，因為在她眼中，自己只是從小玩在一起的弟弟，而不是喜歡的人，於是扯出笑容，尷尬地說。

「你們小倆口吃就好，幹麼拉我當電燈泡？」

「什麼小倆口？政文還沒答應我的告白呢！」

「你沒答應？」

周書逸看著一塊兒長大的哥兒們，表情詫異。

「我……」方政文愣愣看著對方的反問，不知道該回答什麼。

原本打算得到周書逸的諒解後才去回應蔣聿欣的告白，卻被突然出現的女孩打亂了事情的順序。

「沒差，反正我等了那麼久才鼓起勇氣坦白心意，不在乎多等一段時間，不過——」蔣聿欣漾著幸福的笑容，看著站在身邊的男孩假裝威脅：「你要是不答應的話，就給我小心點。」

「……」

周書逸看著互動甜蜜的兩人，覺得自己成了「多餘」的那一個。

蔣聿欣用另一隻手抓住周書逸的手臂，一左一右拽著弟弟和喜歡的人，說：「書逸你不是喜歡吃辣嗎？走！我們去吃麻辣鍋，再配上酸酸甜甜的酸梅湯，光用想的就覺得肚子好餓。」

「可是……」

低頭看著握在手臂上的指尖，猶豫該用什麼藉口逃避。

「總算找到你了。」

突然，一個聲音打破眼前的尷尬，朝著他們走來。

「說好一起吃飯的，忘了嗎？快點！我下午還有課，得趕回來上課。」高仕德伸手抓住周書逸的手臂，對另外兩個人說：「抱歉，這個人我借走了。」

「他們什麼時候變得這麼好？」

蔣聿欣看著被高仕德拽走的人，困惑問著站在旁邊的方政文，後者搖了搖頭，拿走女孩抱在手上的參考資料，往校門的方向走去。

＊　＊　＊

林蔭大道兩側種了一到春季就會盛開的杜鵑花，杜鵑花的花語，是「永遠屬於你」。

周書逸走上柏油鋪成的林蔭大道，用力甩開被另一個人牢牢抓住的手臂，「放手！高仕德你放手！」

高仕德停下腳步，口氣極差。「不抓著你，你會跟我走嗎？知不知道自己剛才是什麼表情？還是你覺得讓他們知道你暗戀蔣聿欣也無所謂？」

穿著黑色T恤的人揉著被抓疼的手臂，嘴硬反駁：「被知道又不會怎樣——」

高仕德拿出手機點開之前錄下的影片，把螢幕轉向對方：「就算這支影片傳給蔣聿欣和方政文也不會怎樣？」

影片的內容，是他在聽見蔣聿欣對方政文的告白後，坐在泳池旁哭泣的畫面……

「王、八、蛋！」

想把錄下自己悲慘模樣的手機搶走，卻被對方早一步縮回手，把手機緊緊握在掌心，周書逸捏緊拳頭瞪著高仕德，憤怒咆哮。

「你到底想做什麼？跟蹤我不夠，現在還威脅我？」

最後一句話讓高仕德皺起眉頭，卻在被對方察覺到真正的想法前換上毫不在意的表情，然後說。

「沒錯，就是威脅。正好最近缺個書僮，只要你能隨傳隨到，這支影片和你暗戀蔣聿欣的事情，我會一直幫你保密下去。」

「想都別想！」

「可惜，談判破裂。」

周書逸當場拒絕，高仕德舉著儲存影片的手機在對方的面前晃了晃，就在拇指即將按下傳送鍵的前一秒鐘，被慌亂的聲音阻止。

「等等！」被威脅的人咬著牙根，忍住揍人的衝動，問：「多久？」

「什麼多久？」

「你的跟班，得當多久？」

靠，別告訴他是一輩子。

「到畢業那天為止。」

「你──」

瞪著他最討厭的傢伙，把差點衝出口的髒話自主消音。

人在屋簷下不得不低頭，誰叫他有把柄落在對方手上，只能先克制情緒，替自己爭取談判空間。

「沒有例外嗎？」

「什麼意思？」

「監獄裡的犯人都有獲准假釋的機會，如果我這個書僮表現良好，可否縮短伺候高大爺的時間？」

高仕德瞇起眼睛，饒富趣味地看著從小到大的競爭對手，假裝思考了幾秒鐘後，點頭回應：「只要你能贏過我，就准許假釋。」

反正從一開始就沒打算把影片傳給任何人，用惡劣的態度威脅，只是不想看見這個人繼續難過，所以假釋什麼的他根本就不在意。

「贏過你？什麼事都可以？」

詫異地看著對方，沒想到高仕德這麼容易就答應自己的條件。

「沒錯，什麼事都可以。」

「好！一言為定！」

周書逸興奮地搓著手，腦子裡瞬間冒出幾十種必贏的點子。為了不讓影片外流還有替自己掙回多年來被搶走的面子，他絕對要贏高仕德一回。

「我把課表和我家的地址傳給你，明天八點樓下見，只要遲到一秒鐘，就──」

舉到面前的手機囂張地左搖右晃，處於劣勢的人只能憋著滿肚子悶氣認命回應。

「知道啦！保證八點整準時抵達。」

周書逸不爽地把背包用力甩到身後，扔下這句話後逕自離去。

「我等你……」

看著對方心不甘情不願的表情，高仕德站在原地默默勾起嘴角，眼神既溫柔又複雜。

＊　＊　＊

高仕德站在家門口，看著手錶上顯示的時間，眼看差一分鐘就要八點整，正打算用手機聯絡應該在八點整出現的人，就看見黑色轎車往他站著的地方駛來。

車子停靠在高仕德的面前，降下後座右側的車窗，露出周書逸的臉。

「坐前面啊。」

「我習慣搭捷運。」

「我習慣司機接送。」

高仕德晃了晃儲存某段影片的手機威脅自己的「書僮」，周書逸無奈地下了車子，看著司機把車子開走。

「滿意了吧？都是你害的，第一節課來不及了。」

「是嗎？你不是下午兩點才有課？」高仕德轉頭看著站在左邊的人，微笑：「我有你的課表。」

「靠！為了整我還特地弄到我的課表，心機BOY。」

「走吧！我第三堂有課。」

周書逸瞪著背起背包轉身離開的某人，不爽地說：「第三堂才有課？那你約早上八點鐘幹什麼？」

「吃早餐。」

「當書僮陪上課就算了，還得陪吃喔！」

「快點，來不及了，跟上。」

「可惡！」

生氣歸生氣，無奈對方手上有自己的把柄，只好屈從地跟上腳步，陪對方吃早餐。

資工系的教室內，教授在講臺上口沫橫飛地授課，即將面臨畢業考的大四學生們也在座位上認真聆聽。

「今天要和同學們談論關於資訊科技在流通服務業的應用，特別是如何透過資料挖材技術進行精準有效的促銷。首先，我們以邏輯判斷的準則進行分析，比如顧客的喜好、購買時間點，或是從購入商品的屬性判斷消費者是已婚還是單身，接著透過大數據對客戶的身分判別，歸納出與其消費喜好具有關聯性的所有商品……」

突然，一顆腦袋壓在高仕德的左手手臂，無視其他人的目光，靠著軟硬適中的「枕頭」繼續補眠。

「快叫醒他，被教授發現就死定了。」

隔著走道坐在右前方的石哲宇，轉過頭瞪著那張熟睡的臉孔，壓低聲音警告。

「沒事，讓他睡。」

被壓住手臂的人露出笑容，稍稍將身體挪向左邊，好讓周書逸能靠著他睡得更舒服些。

「一個財金系的跑來上資訊管理科技課做什麼？還坐在你旁邊？你們兩個到底怎麼回事？」

自從高仕德在大二那年轉進資工系後，他就被對方傑出的表現吸引，從羨慕到佩服、從佩服到偷偷喜歡，本想著等時機成熟後就要和對方告白，卻橫空冒出個周書逸，天天跟在高仕德身邊不說，還靠著他的手臂在課堂上睡覺。

「專心上課。」

面對好友的疑惑，高仕德只是把視線移回教科書，沒有回答。

「……」

石哲宇皺起眉頭，卻也知道再問下去也不會有答案，只好轉過頭，繼續聽著教授的講解。

教室後排，高仕德在書頁的空白處寫下黑板上的筆記，卻在每一次低頭抄寫筆記時，忍不住看一眼靠在手臂上的那個人。

＊　＊　＊

中庭

午休時間的中庭，坐了許多來這裡用餐的學生。

周書逸端著餐盤跟在高仕德的屁股後面，一邊選著自己想吃的東西，一邊琢磨該怎麼還有在哪方面贏過對方，好讓自己的書僮刑期能夠提前假釋。

高仕德挑了張桌子坐下，而仍在苦惱該用什麼項目來ＰＫ的周書逸則照著以前的習慣，在隔著走道的另一張桌子坐下。

始終跟在兩人後面的石哲宇，一屁股坐在高仕德的對面，不爽地問：「你們什麼時候變得這麼好？好到都能同進同出一起上下課？」

高仕德沒打算回答這個問題，雖然吃著餐盤上的食物，眼角餘光卻仍注意著想事情想到出神的周書逸。

「書逸！」

開朗的聲音穿過嘈雜的餐廳，劉秉偉端著餐盤走到兩張桌子之間，先是瞥了高仕德一眼，然後坐在周書逸的旁邊，用手肘拱了拱死黨的手臂，小聲地說。

「靠，你真聰明。」

「什麼？」

才剛回神的人一臉茫然，聽不懂對方在說啥。

「潛入敵營刺探軍情啊！怎樣？有沒有發現那傢伙的弱點？下次打算怎麼整——」

周書逸迅速摀住劉秉偉的嘴，抬頭看了眼坐在旁邊的高仕德後，鬆開摀在嘴巴上的手，把臉貼向死黨，壓低聲音說：「整你頭啦！現在沒空！」

把柄被人捏在手上，別說整人了，還得好生伺候高大爺當他的專用書僮。

「周書逸。」

高仕德端著餐盤起身走到另外一張桌子的旁邊，斜了劉秉偉一眼，把盤裡的肉丸子挾到周書逸的盤子裡。

「幹麼？」

「給你，我不想吃。」

「嘖，挑食鬼，只好勉為其難幫你解決。」

周書逸嫌棄了一句，表情卻出賣他的想法，露出「賺到了」的笑容。

石哲宇見到這一幕，氣噗噗地端起餐盤坐到周書逸的對面，拿起叉子對準盤子上的肉丸，看了高仕德一眼，挑釁地說：「我喜歡肉丸，我幫你吃。」

「不可以！」

周書逸立刻用雙手圍住餐盤，像極了護食的狗狗，孩子氣的動作讓另外兩個人忍不住彎起嘴角，只有石哲宇氣得把叉子拍在桌面，對著周書逸大罵。

「吃飽睡、睡飽吃，你是豬嗎？想睡覺就滾回家去睡，別影響我們上課。我跟你不一樣，可不想期末考的時候成績吊車尾。」

話才說完，立刻被劉秉偉反嗆。

「書逸就算上課睡覺，成績照樣嚇嚇叫。」

「我跟他說話你插什麼嘴。」

石哲宇瞪著護航的傢伙，生氣地說。卻聽見前一堂課的上課內容，被某人一字不差地背出……

「以邏輯判斷的準則來進行分析，依照顧客喜好、購買時間、購買商品屬性判斷是否已婚及身分判別找到該顧客所喜好的關聯商品……怎樣？還需要我繼續背下去嗎？」

「……」

石哲宇看著周書逸的臉，表情錯愕，另外兩人則是早就領教過他的能力，一點都不覺得意外。高仕德則微笑看著充滿傲氣的人，心想不愧是周書逸，無論做什麼都那麼優秀。

「不好意思，有的人就算睡著也能學習，比如——我！」

挑釁的語氣，成功讓對方惱羞成怒。

「那又怎樣？你還不是一天到晚輸給仕德。」

「你搞清楚好不好？書逸不是輸，他只沒贏過而已。」

劉秉偉依舊護短，卻被好友黑著臉用手肘撞在胸口。

「靠！你這樣說沒有比較厲害好嗎？」周書逸收回手肘，大方地說：「我的確沒贏過高仕德。」

「你倒是挺坦率的。」

沒想到對方會這樣回答，石哲宇有些訝異，卻也有點佩服這個礙眼的傢伙。

周書逸聳聳肩膀，說：「輸就是輸，贏就是贏，沒什麼不能承認的。」

突然，兩道人影從外面走進學生餐廳。

面向入口處，正好瞧見這一幕的人立刻低下頭，把還沒吃完的食物迅速吞進肚子，對高仕德說。

「我吃飽了，先去外面等你。」

「喔！」

劉秉偉以為周書逸在跟自己說話，立刻放下筷子準備跟他出去，卻被高仕德甩了句。

「不關你的事。」

扔下這句話後，高仕德拿起兩個人的餐盤背起背包，起身追上周書逸的腳步，和他一起離開熱鬧的中庭。

「高——」

石哲宇凝視著已經走遠的背影，好一會兒後才懊惱地收回視線，瞪了眼塞了滿嘴食物的劉秉偉，遷怒地從對方的盤子裡搶走唯一一塊的炸豬排。

「啊！」

「怎樣？」

看著被搶走的炸豬排，再看看那張寫滿「我不開心」四個大字的臉龐，劉秉偉搖搖頭，把原本放在豬排旁邊，醃得酸酸甜甜的白蘿蔔丁一個個夾進對方的餐盤，然後揚起笑容，說。

「配點醃白蘿蔔，解膩。」

「……」

明明是無理取鬧的遷怒，卻被憨傻的微笑包容，放在餐盤上的白蘿蔔丁，似乎也在心中放上了什麼。

「快吃吧，下午還有課。」

「嗯。」

懊惱的情緒被緩緩撫平，取而代之的是從舌尖蔓延的美味，有酥脆的麵衣、多汁的肉香，還有被白醋和砂糖醃得酸酸甜甜，摻了些柚子味道的白蘿蔔丁。

＊　＊　＊

從中庭倉皇離開的人，被追在身後的人用手扣住肩膀扳過身體，壓制在牆邊。

高仕德看著露出難過神情的周書逸，生氣質問：「你還要逃避多久？」

在他看來，既然蔣聿欣都已經決定要和方政文在一起，那麼單向暗戀的周書逸就該放下這段感情，否則受傷的只會是他。

「我知道，可是看到她的時候，我還是……」

揪著掛在胸口處的項鍊，那條被他視為幸運物的項鍊，皺眉。

曾經，他們是無話不談的鐵三角，打打鬧鬧毫無芥蒂，可是現在看見另外兩人，卻剩下尷尬和不知所措。

「笨蛋！」

高仕德看著痛苦的人，忍不住用日文罵了句，結果被對方反嗆。

「你才笨蛋。」周書逸瞪了高仕德一眼，說：「真是的，我跟你說這麼多幹什麼，你又不懂。」

「我懂。」

「你懂個——」

嗆人的話被消音了最後一個字，周書逸瞪大眼睛看著把他壓在牆邊的人，詫異對方過於認真的眼神。

「高仕德，難道你有喜歡的人？是誰？該不會是你那個叫做石哲宇的死黨吧？」

「……」

不客氣地賞了個大白眼，否定某人毫無根據的揣測，鬆開對方，轉過身打算離開。

「喂！開個玩笑而已，沒必要生氣吧！」

「我沒生氣。」

「那你快跟我說，你喜歡的人到底是誰？」

周書逸嘻皮笑臉地搭上高仕德的肩膀，像個八卦小報的記者，打探對方的感情世界。

「不想說。」

「怎麼這樣，你都知道我的祕密了，我也要知道你的。」

「對你，我不想說。」

意有所指的語氣，趁對方還在琢磨這句話的意思時甩開搭在肩膀上的手，快步向前走去。

「靠！我都當了你那麼多天的書僮，就不能給點福利讓我知道八卦嗎？小氣！」

一邊抗議一邊加快腳步追了上去，直到再次把胳膊搭上另一個人的肩膀，走在被綠意環抱的自行車道。

＊　＊　＊

夜市

夜市攤位前，高仕德將手臂環抱在胸前，抬起下巴指著被嵌在保麗龍板子上各種顏色的氣球，用眼神詢問。

「沒錯，就是這裡。」周書逸點頭回答：「我們什麼都ＰＫ過，只有遊戲還沒較量，今天就在這裡一決勝負。」

為了縮短苦命的書僮生活，無論如何都要贏那傢伙一回。

「還以為你找我來……」高仕德鬆開抱在胸前的手臂看了看四周，把身體貼了過去，在另一個人的耳邊壓低聲音：「是想跟我約會。」

周書逸摀著被熱氣燙紅的耳朵往旁邊彈開，羞惱吼著：「約個鬼啦！誰要跟你約會，一句話，比不比？」

「比。」

從來都是第一名的人捲起袖子，對著臉紅的人從容地說。

幾分鐘後——

連輸三局的人扔下射氣球的飛鏢走到隔壁的攤位，咬著牙撂下狠話。

「繼續！我就不信贏不過你！」

說完，舉起攤位上的空氣槍瞇著眼睛瞄準不斷旋轉的輪盤，和輪盤上的氣球。

看著那認真較勁的臉龐，忍不住露出寵溺的表情，猶豫著該不該放水。

「啊……」

比賽結束後，高仕德看向自己那塊被子彈清空的保麗龍板，再看看另一邊還剩下一個粉紅色氣球的板子，發出吃驚的聲音。

糟！他又贏了。

「哼！下一個！」

果然，好勝又愛逞強的人睨了他一眼，扔下空氣槍拽著他的手腕，氣呼呼地衝去擺了抓娃娃機的店鋪。

二十分鐘後——

「謝謝。」

兩名女高中生接過大哥哥轉送給她們的玩偶，開心地離開擺放機檯的店面。

「接下來呢？」

高仕德回過頭，看著整晚下來都沒贏過，正用眼珠子瞪著他的另一個人，問。

「接下來比——」

話才說了一半，握在掌心的手機就傳來劇烈的震動。周書逸低頭看了眼螢幕，是他之前設定的鬧鐘提示，於是把手機放回長褲口袋，走到店外。

「周書逸？」

仍站在機檯前的人，納悶喊著對方的名字。

「你明天不是有早八的課？還比什麼比，回家了啦！」周書逸回頭扔下這句話後，便轉過身逕自離去，邊走邊碎唸：「可惡，還真的變書僮了。」

看著把自己的課表倒背如流的周書逸，高仕德先是愣了愣，隨即在嘴角浮起淡淡的笑容。

原來，這就是被放在心上的感覺；原來，這就是被在乎的感覺。

雖然有些話無法說出口，雖然有些事必須隱藏在心中，不過這樣的關係真的很好……

真的，很好。

於是，掛著藏不住的微笑跟上對方的腳步，離開越晚越熱鬧的夜市。

＊　＊　＊

圖書館

「呼哈。」

周書逸打了個哈欠，專注在課本上的視線忽然瞥見趴在桌上睡覺的高仕德。

握住手上的原子筆作勢要戳向對方，想了想，覺得這樣還不足以發洩這段日子被人使喚的憋悶，於是放下筆桿打算去掐他的脖子。

突然一個念頭閃過腦海，臉上露出邪惡的笑容悄悄起身，打算趁那傢伙睡覺的時候摸出他的手機，刪掉用來威脅自己的影片。

「哼哼，看你還拿什麼威脅我。」

小聲地自言自語，躡手躡腳走到高仕德後面，偷偷翻找掛在椅背上的包包，卻一無所獲。正琢磨著這個人會把手機藏在哪裡，眼角餘光就瞥見被插在長褲口袋的目標物。

於是小心翼翼地捏著露在口袋外的手機殼，想趁對方毫無防備時來個偷手機刪影片。沒想到剛才還趴在桌上睡覺的人卻突然睜開眼睛，伸手一握，握住自己正在做壞事的右手，作賊心虛的人嚇得抬起頭，一個重心不穩，整個人朝高仕德的大腿撲了過去。

沒想到太過曖昧的一幕，卻被恰巧來到圖書館找資料的蔣聿欣和方政文撞見。

「哇喔！」蔣聿欣看著趴在高仕德大腿上的周書逸，張大了嘴巴。

啪！

抱在胸前的厚重書籍當場掉到地上，在安靜的圖書館內發出突兀的聲音。

「聿、聿欣？」

周書逸回過頭，也看見站在書架前的兩人。

四個人隔著走道彼此互看，一個驚訝、一個錯愕、一個表情複雜，只有坐在椅子上的高仕德，從女孩的眼中看懂她的誤會。

第三章　一步一步慢慢靠近

圖書館外

「所以你沒有跟高仕德在一起？」

中庭內，女孩蹲在周書逸面前，仰著臉再次詢問。

「我怎麼可能跟他在一起，妳不要亂猜。」

不敢落在女孩身上的視線停駐在鞋尖前的地面，語氣無奈地回應。

蔣聿欣對著不曾談過戀愛的男孩，握起拳頭做出加油的手勢：「你可別因為不敢跟我說實話才否認喔，都什麼年代了，如果你真的喜歡他就勇敢去追。無論你喜歡的人是誰，我和政文都會支持你。」

「聿欣。」

和大剌剌的人不同，方政文看著那越垂越低的臉龐和越來越紅的眼眶，拉了拉女孩的袖子想讓她轉移話題。

「……」

周書逸咬著嘴脣，彷彿隨時會在下一秒洩漏隱藏的感情，落下眼淚，衝動地對已經喜歡上別人的女孩，說……

我喜歡妳！

蔣聿欣！我喜歡的人，一直是妳！

隔著一段距離，高仕德站在白色柱子前，看著那個人即將失控的情緒，無法繼續當個冷靜的旁觀者。於是走進正在對話的三人之間，將左手搗上周書逸的眼睛，遮住他快要潰堤的淚水。

「我們還有事，先走了。」

扔下這句話後，拽著周書逸的手臂，拿起他放在身旁的背包，無視另外兩人驚訝的眼神，離開圖書館外的中庭。

＊＊＊

社團辦公室內，放在電磁爐上的鍋子沸騰著飄著辣椒和花椒香氣的麻辣鍋底，煮熟的食材在冒著氣泡的湯面滾動。

周書逸看著把肉片放入鍋中的另一個人，問：「你怎麼知道我喜歡吃什麼？」

高仕德拿起湯匙勺了塊Q嫩的鴨血放進對方的免洗碗中，說：「從小學認識到現在，該知道的、不該知道的，我都知道。」

繞口令般的回答讓聽的人頗為意外，還以為這個人和他一樣，只把對方當成競爭對手，卻從不關心比賽以外的事情。

「剛才……謝謝……」周書逸放下裝著可樂的杯子，把身體靠向椅背，扯著嘴角苦笑：「如果你沒有抓著我離開，我恐怕會說出讓自己後悔的話。她從以前就是這樣，傻大姊一個，神經比海底電纜還粗又常常狀況外，還很霸道，只有政文受得了她，那兩個人湊在一起……真是絕配……」

高仕德沒有接話，只是靜靜聆聽對方說著他暗戀多年的女孩，靜靜地，把煮好的食物放進他的碗裡。

自言自語了一會兒後，說話的人似乎也覺得氣氛太過尷尬，吸了口氣挺直背部後，拿起筷子看著紅通通的火鍋，開口。

「蝦子好了嗎？」

「好了。」高仕德挾起蝦子剝去蝦殼，然後放到對方的盤子，看著他的臉，試探地問：「你對蔣聿欣……好像沒那麼在意了。」

「好像是。」

喜歡吃蝦卻討厭弄髒手指的人，不客氣地用筷子挾起紙盤上的蝦肉放入口中咀嚼。

高仕德看了眼周書逸的表情，退開椅子，起身走到社辦內的洗手臺，洗去沾在指尖的油膩和海鮮的腥味，抽了幾張衛生紙擦拭雙手，說：「其實讓你難過的不是失戀，而是連爭取的機會都沒有，還沒開始比賽就只能放棄。」

吃著蝦子的人皺了皺鼻子，回答：「或許吧！反正都過去了，我只要知道她和喜歡的人在一起就夠了。」

明明是鮮甜的蝦肉，卻讓辨別味道的味蕾嘗到苦澀，於是主動開啟新的話題，問著坐回桌子旁邊，陪自己吃麻辣鍋的人。

「你呢？如果喜歡的人喜歡別人，你會怎麼做？」

假裝苦惱地思索了一會兒，接著將身體傾向對方，露出壞壞的笑容給出答案。

「我會從中破壞，趁虛而入。」

「真的假的（まじか）？」

周書逸聽見答案後，嚇得瞪大眼睛。沒想到這傢伙竟然這麼腹黑，腹黑到不但會破壞別人的戀情，還會趁虛而入。

「開玩笑的。」

高仕德看著對方的反應，似真似假地說，然後拉回往旁邊傾斜的身體，繼續從鍋裡撈出已經煮熟的蝦子剝去蝦殼，整整齊齊排在周書逸的盤子上。其實，如果可以，他真的想把自己赤裸裸地剝開攤給周書逸看，可是怎麼敢呢？

他扛不起萬一的後果，好不容易這次他終於靠近了他一點點……

飽餐一頓的兩個人，將電磁爐和餐具收拾完畢後，離開社團辦公室準備去上下午的課。

沒走幾步，周書逸便彎著身體用手按壓肚子，臉色慘白地停下腳步，虛弱地說：「你下午的課，我這個書僮能不能請假一次？」

另一個人沒有回答，只是皺著眉心抓起周書逸的手腕，往相反的方向走去。

「你要去哪？教室在後面，喔嘶……等等，你走慢點，走慢點……」

痛苦的聲音，隨著逐漸遠去的背影，迴盪在社辦外的走廊。

＊　＊　＊

保健中心

「現在的大學生腦子裡都裝了什麼？」

男人把雙手插在白色醫師袍的口袋，用看白痴的眼神，看著坐在病床上的人，然後轉過頭對高仕德諷刺。

「想讓他死，就天天煮麻辣鍋給他吃啊！」

「……」

被罵的人自責地垂下頭，因為吃了太辣的食物而鬧胃痛的人，忍不住開口。

「吃的人是我，你罵他做什麼。」

護短的語氣摻著連本人都沒察覺的溫柔，溫柔地讓高仕德詫異抬頭，看著周書逸的側臉。

男人把病歷資料夾甩在周書逸的胸口，把手抱在胸前繼續罵道：「在美國對酒駕肇事採取零容忍政策，甚至設有『連坐制度』，酒駕者如果肇事致人死傷，連酒吧老闆都會因為沒有阻止客人酒後開車而面臨起訴，他明明知道你胃不好要避免刺激性食物，卻還是煮麻辣鍋給你吃，不該罵嗎？」

「對病人撂狠話，你真的是校醫嗎？」

狐疑的眼神往下移到對方掛在胸前的識別證，和印在上面的三個字——裴守一。

「這包藥只能暫時止痛，記得去看醫生。」

從口袋拿出胃藥和處方箋遞給周書逸，卻被高仕德早一步拿走，看著兩個人的互動，裴守一彎下腰勾起嘴角，把臉貼向鬧胃疼的人，冷冷地說。

「這禮拜的飲食記得清淡少油，如果你真的想死，我不會阻止。」

說完後直起身體，斜眼看著坐在病床旁的人，問：「你確定是這個蠢蛋？」

高仕德瞪了對方一眼，起身走到飲水機前，用紙杯裝了杯溫水後回到病床旁邊，撕開藥包把胃藥倒在手心，和溫水一起遞到病人面前。

「把藥吃了，躺著休息一下。」

「嗯。」

周書逸接過紙杯，混著溫水吞下能緩解疼痛的藥片，用手壓著肚子慢慢躺下。

「睡吧！」

高仕德拉起保健中心的薄被蓋在周書逸的胸口，直到床上的人在藥物的作用下沉沉睡去，發出均勻的呼吸聲，才用眼神示意穿著白袍的校醫和自己一起出去。

較晚離開的裴守一拉上保護隱私的帘子，讓身體不舒服的學生有個能安心熟睡的空間，然後走到辦公桌後，坐在椅子上看著和自己有相似輪廓的男孩。

「你在害怕什麼？既然喜歡就直接跟他說。」

「他不會喜歡我。」

「不懂。」

男人臉上的困惑，彷彿「喜歡與不喜歡」這種問題，比醫學系時要背誦的兩百零六塊骨頭的拉丁原文還難理解。

高仕德揚起苦笑，說：「情感障礙的你，不可能懂。」

「……」

眉心，緊緊皺起。

記憶中也有一個人，露出同樣的表情。

然而難得波動的情緒僅僅泛起幾許漣漪，很快便隨著毒舌的反擊，平淡成毫無水紋的湖面。

「既然他不喜歡你，就放棄吧！繼續糾纏下去根本自虐。」

既然知道不會有結果，為何還要猶豫？

為什麼還要用朋友的身分，痛苦地待在對方身旁？

高仕德嘆了口氣，回答：「因為除了喜歡，他還是我的天使，沒有他，就沒有現在的我。小五的時候遇見了他，那時候爸媽離婚，我很難過，可是看著比我更難過的媽媽，我只能假裝堅強……」

『喂！你怎麼了？受傷囉？你還好嗎（だいじょうぶか）？』

躲在放學後的校園，抱著膝蓋坐在樓梯上哭泣的他，因為陌生的聲音抬起了頭，一個穿著黑色襯衫的男孩歪著腦袋站在面前，好奇地看著自己。

『你為什麼哭啊？』

『我爸他不要我跟我媽了。』

『可是你還有媽媽，不像我的媽媽……已經去當天使了……』

男孩拍著他的肩膀，像個小大人一樣說著安慰的話。

『不然這樣好了，我把我的爸爸分給你，反正我跟他在一起也沒什麼好事。』

『哪有人把自己的爸爸隨便給別人的。』

『也對，不然我把我自己給你，有什麼不開心的事情就來找我，我給你靠！』

那天，他記住了一個人的名字。

三喬國小五年一班，周書逸。

於是拜託母親讓自己轉學，轉到有天使的那所國小，然而再次見到男孩時，對方卻不記得那天的相遇、不記得自己的名字、不記得遞給他擦拭眼淚的手帕，也不記得曾經給出的承諾——有什麼不開心的事情就來找我，我給你靠。

在男孩眼中，自己只是一個普通的轉學生；而他，則是基於責任不得不帶轉學生認識校園，不得不告知課程進度以及需要繳交哪些作業的「班長」。

上課，他們的座位隔著三個走道；下課，男孩和簇擁他的小夥伴們開心地去操場上打球；放學後，周書逸不是被司機接去上鋼琴課，就是和隔壁班的方政文一起去找某個就讀國中部的大姊姊。

「高仕德」不曾在男孩的世界裡存在，直到期末考時因為數學考卷的一分之差，成為榜單上的第一名，站在紅色榜單下的男孩才第一次轉頭看向自己。

『你就是高仕德？』

『對。』

『可惡！我記住你了！』

男孩扔下這句話後，抹著眼淚哭著跑走。

於是，他發現了能被對方注意的方法，就是在比賽中取得第一名的成績。

只有這樣，那雙漂亮的眼睛才會看見自己，才會偶爾和他說上幾句話，即使那些話不是「可惡！為什麼我又輸給你？」，就是「高仕德，我討厭你！最最最討厭（だいだいだいきらい）你！」……

所以自己無論功課還是各種比賽都十分優秀，還要感謝周書逸，否則按照自己的個性，才不在乎是不是第一名。

「你行啊自虐狂。」

裴守一板著臉，握著缺一角的咖啡色馬克杯，面無表情地做出嘲諷的結論。

「我只是想在畢業前，以朋友的身分待在他的身邊。」

男人忽然想起什麼，點點頭接著說道：「也是，反正你畢業後就要跟阿姨去美國，還是別造孽比較好。」

「要不是他失戀，我連做朋友的機會也沒有。」苦澀的笑，染在高仕德的嘴角。

「我看你不是屬虎，是屬白鶴的。」

「白鶴？」

「報恩啊笨蛋，陪著喜歡的人度過失戀期，不是白鶴報恩是什麼？」

高仕德看著對方帥氣的臉龐，露出你果然不懂的表情，垂下的視線注意到放在桌上的馬克杯，才剛伸出手想拿走杯子，就被男人用手扣住杯口，眼神戒備地看著。

「杯子都缺口了，怎麼不換個新的？小心割到嘴。」

裴守一看了眼缺了一角的馬克杯，迅速拉開抽屜把杯子放進去後重重關上。

「跟你無關，快去上課。」

然後站起身繞過辦公桌，把手搭在高仕德的肩膀，半強迫地把人送出保健中心。

隔出私密空間的布簾後，已經醒來的人坐在病床上，透過縫隙看著走出保健中心的兩人，想起自己和高仕德的對話……

『真是的，我跟你說這麼多幹什麼，你又不懂。』

『我懂。』

『快跟我說，你喜歡的人到底是誰？』

『不想說。』

『怎麼這樣，你都知道我的祕密了，我也要知道你的。』

『對你，我不想說。』

「難道他喜歡的人不是石哲宇，而是……」

以為自己猜到答案的人忍不住瞪大眼睛，然後嘆了口氣喃喃地說。

「原來我們都一樣，喜歡上不會喜歡自己的人。」

＊　＊　＊

財金系教室

下課鐘聲響起，結束最後一堂課的學生紛紛步出教室。

周書逸低頭收拾東西，吃了惡霸校醫給的止痛藥又在保健中心睡了一覺後，胃痛的狀況好了許多。

「書逸。」

被喊名字的人反射性地抬起頭，就看見站在走道前方的方政文。

「政文？」

臉上閃過一抹錯愕，這段時間的逃避讓原本無話不說的兩人變得有些生疏。

「書逸你……最近好像很忙……」

「是很忙，有事嗎？」

把厚重的書本放進背包後拉上拉鍊，只要再把背帶甩到肩上，就能離開讓他尷尬的地方。然而方政文顯然早有準備，直直走到座位旁邊，開口便問。

「你是不是喜歡聿欣？」

這句話在他腦中猶豫許久，尤其周書逸撞見蔣聿欣對自己的告白之後，經常相約聚餐的鐵三角便總是少了這個人的身影。

周書逸鬆開握在背帶上的手指，轉身看著從小一起長大的朋友，嚴肅地說：「如果我回答『沒錯，我喜歡聿欣』，你打算怎麼做？是拒絕她的告白？還是把她讓給我？」

「不可能！」

斯文溫和的人難得提高嗓門，說完這句話後也被自己的反應嚇到，緩下語氣愧疚地說。

「書逸，我不想失去你這個朋友，可是要我放棄聿欣……抱歉，我辦不到。」

「這不就對了！對於喜歡的人就是要硬起來，誰都不能讓。」周書逸握著拳頭，在哥兒們的胸口打了一拳，釋懷地笑著：「看到你的反應我就放心了，以後，那個男人婆就交給你保護。」

「所以你沒有喜歡聿欣？」

困惑地看著對方，難道……他誤會了？

「我喜歡的是你們兩個，別忘了，我們可是永遠的鐵三角。」周書逸垂下視線，不讓好友看見自己眼底的難過，把背包放在桌上，走到方政文的身旁，勾住他的脖子，說：「聿欣的幸福就交給你了，如果她哭了，就算是兄弟我也一定揍爆你。」

方政文露出笑容，也在對方的胸口上捶了一拳，承諾：「放心！你不會有這個機會。」

「不過你真的很遜耶！連告白都被女孩子搶先，是不是男人啊你？」周書逸笑著吐槽後，語氣一轉，看著對方說：「真羨慕你，喜歡的人也剛好喜歡自己，不知道屬於我的緣分，什麼時候才會出現。」

「會出現的，我保證。」

「最好是你能保證啦！」收回勾在好友脖子上的手臂，走到書桌旁拿起背包甩在背後，提議：「走！我們去吃麻辣鍋！」

「還吃？你才去保健中心躺了一節課，沒得到教訓啊？不准吃。」

「你真的越來越像聿欣，嘮嘮叨叨婆婆媽媽。」

方政文笑著把手搭上死黨的肩膀，無視他嫌棄的語氣，一邊走出教室一邊說：「只准吃清粥小菜，其餘免談。」

「靠！」

抗議的聲音迴盪在教室外的走廊，並肩而行的兩人就和以前一樣，有說有笑互相吐槽。

＊　＊　＊

兩週後，教學大樓前

入夜後的校園透著詭譎的氛圍，熟悉的教室和樓層少了燈光的照明，莫名地讓人背脊發涼，難怪許多鬼故事都發生在深夜的校園，因為你永遠不曉得在拐角或是無人的廁所，會不會冒出讓人驚恐的東西。

舉辦試膽大會的主持人手持麥克風，對著聚集在空地上的同學解說遊戲規則：「謝謝大家參加社團聯合舉辦的送舊夜遊活動，參加者請兩兩一組拿著您的號碼牌找工作人員報到，並將手機交給工作人員保管，只要闖關成功就可得到精美禮物，就讓我們一起創造畢業前的美好回憶吧！」

「哇！」

學生們紛紛鼓掌尖叫，期待接下來的闖關活動。

「目前已經有十組學長姊成功，下一組是誰？麻煩下一組的同學高舉你們的手讓我看見。」

「……」

高仕德和周書逸彼此對看了眼，翻著白眼各自舉起右手，原本沒打算參加的兩人，因為被身為主辦人之一的劉秉偉給逮住，只好無奈地領了組隊的號碼牌。

「好的，兩位請往我的右手邊走，預祝你們集滿校園七大不可思議的通關印章，享受陰森恐怖的夜晚。」

主持人故意把試膽關卡的情況說得誇張，還露出詭異的笑容——

「可惡，學校什麼時候變得這麼恐怖……」

陰暗的走廊上布置了許多妖魔鬼怪，周書逸一邊走，一邊喃喃自語。

他其實很怕鬼，卻不想在高仕德的面前示弱，所以才硬著頭皮參加，甚至還得跟對方保持距離，以免被發現自己的恐懼。

突然，某種物體碰觸到他的手指，周書逸立刻低下頭，卻看見被高仕德用食指勾住的小拇指。

「你、你幹什麼啊你？」

「我怕鬼。」

暗得嚇人的走廊上看不見對方的表情，只聽到熟悉的聲音平淡說著。

「什麼啊？你居然怕鬼？虧你長得那麼高。」

故意取笑了幾句，然後主動握住高仕德的手，假裝大氣地說。

「算了算了，既然你會怕，那麼剛才說要用試膽大會ＰＫ輸贏的約定就不算數，反正我贏了也勝之不武。放心吧（だいじょうぶ），只要跟我一起走，保證讓你集齊全部的通關印章。」

「嗯。」

點點頭，看著明明害怕卻仍逞強的人，忍不住彎起嘴角。

被牢牢握住的右手，傳來屬於另一個人的體溫，也傳來心跳加速的聲音。

「你走前面。」

幾秒鐘前才剛說完「放心吧（だいじょうぶ）」的人，捉著高仕德的手腕，把他推到自己的前方，還不忘補上一句「我墊後你別怕」。

走廊的另一頭，同樣來參加送舊夜遊活動的石哲宇，看著兩個人的背影，停下打算追上去的腳步……

「書逸！」

一團黑影冷不防地從背後偷襲，把他誤認成周書逸，拍打他的肩膀。

「靠！」

石哲宇當場飆出髒話，轉過身，準備揍死那個嚇他的智障，卻在看清楚對方是誰後，雙雙發出疑惑。

「怎麼是你？」

劉秉偉錯愕看著被自己誤認的石哲宇，後者也同樣意外對方出現在這裡。

「抱歉，我以為你是書逸。」

縮回拍在肩膀上的手，說著道歉的字句，卻正好踩中某人的情緒地雷，壓抑許久的不滿便在瞬間炸開。

石哲宇怒視著站在面前的人，咆哮出他藏在心底的話：「周書逸周書逸，為什麼你們每個人都只在乎周書逸？」

「你怎麼了？」

「不用你管。」

伸出手想拍拍對方的肩膀，卻被用力揮開。

忽然，一道白色物體從劉秉偉的背後快速飄過，背對那個東西的人沒有察覺，卻把看得見的人嚇到尖叫。

「啊！」

「小心！」劉秉偉迅速抱住被嚇到向後摔倒的人，皺起眉頭：「既然這麼害怕，為什麼還來參加？」

「不……不用你……」

顫抖的嘴唇無法說出「不用你管」的第四個字，緊緊貼住的胸膛透過劇烈的心跳，傳遞著他的恐懼。

劉秉偉低頭看著石哲宇的髮頂，鼻尖聞著從對方身上傳來淡淡的洗髮精味道，想要保護這個人的念頭悄悄地在心底滋生，於是開口提議。

「要不要跟我組隊？我們一起闖關。據說這次的獎品非常豐富，沒拿到的話可是很可惜喔。」

見對方沒有拒絕，劉秉偉笑了笑，繼續遊說。

「我知道你又想說『不用你管』，不過只要忍耐一下讓我『管』二十分鐘，保證帶你闖關成功。」

石哲宇推開，仰著臉驕傲地說：「要我答應可以，不過你得把你那份獎品給我。」

「成交！把手給我，我們一起收集闖關成功的印章。」

向上攤開的掌心，等待著另一個人的答覆。

「成交。」

石哲宇猶豫了一會兒，主動握住劉秉偉的手，忘了剛才的害怕，和臨時組隊的隊友一起走進漆黑的長廊。

第四章　藏起來的祕密

為了尋找通關線索和集滿代表闖關成功的印章，不得不拿著遊戲卡走進校園七大不可思議中、和廁所並列恐怖指數第一名的保健中心。

周書逸在藉著微弱的光線翻找放置紗布和藥品的鐵櫃，聲音顫抖：「我們放棄吧，直接去下一關。」

高仕德站在書櫃前，翻找可能藏在書本和書本間的線索，說：「不行，這裡沒通過的話，不能蓋下一關的通關印章。」

啪！

才剛說完，室內僅有的照明突然跳電，接著磅的一聲，保健中心的不鏽鋼門被重重關上。

「啊！」

周書逸放聲慘叫，嚇得直奔門口使勁抓著門把，試圖從裡面打開門，卻因為用力過猛向後一摔，正好摔進高仕德的懷裡。

正好過來察看動靜的人，看著被拽下的金屬製品以及跌撞在懷裡的男孩，眼裡散發某種不明意味，勾起嘴角：「幹得好，周書逸。」

「……」

肇事者看著被自己拽下來的門把，愣住。

幾分鐘後——

「喂！有沒有人啊？外面有沒有人？」

周書逸站在不鏽鋼門前，拍著門板朝外面大吼，希望引起其他參加者的注意，這樣就會有人來拯救被反鎖在保健中心的他們。

室內，高仕德則翹著腳坐在椅子上，抱著手臂看著徒勞無功的人，桌面還點燃著從櫃子裡找到的備用蠟燭，橘黃色的燭光讓原本充滿詭異氛圍的地方變得沒那麼恐怖。

「喊了那麼久不累嗎？來喝點水。」

扭開礦泉水的瓶蓋舉向已經吼了十幾分鐘的周書逸，後者在金屬門板上踹了一腳，扭過頭走到桌子前，抄走對方握在手上的寶特瓶，灌了幾口礦泉水後，氣惱地說。

「總比什麼都不做，坐以待斃地好。可惡！裝什麼鐵窗啊？要是發生火災怎麼辦？這裡不是你的地盤嗎？快想想辦法。」

突然被反鎖在保健中心的恐懼，在看見另一人熟門熟路地從櫃子、抽屜、書櫃等地方找出蠟燭和礦泉水後，漸漸放鬆緊繃的情緒。

「我能有什麼辦法？遊戲開始前我們都把手機交給STAFF了，怎麼求救？」高仕德聳聳肩膀，說得輕鬆：「反正會有校警巡邏，就算沒被校警發現，大不了在這裡睡一晚，等明天上班後裴守一就會過來開門。」

「……」

周書逸瞪了眼什麼都不做的傢伙，蓋上瓶蓋把寶特瓶放在桌面，藉著蠟燭的燭火繼續在室內尋找可以離開這裡的方法。

「欸！有電腦！學校有WIFI，有網路就可以連上通訊軟體，這樣就可以叫政文過來找我們。」

突然在校醫的辦公桌上發現被遺留在保健中心的筆記型電腦，周書逸興奮地拉開椅子坐在桌子前，掀開筆電上蓋按下電源鍵，就在他以為可以向外求救的時候，螢幕卻跳出需要輸入密碼的提示。

「靠！要密碼……」

激動的情緒一下子洩了氣，只能沮喪地拍下筆電的上蓋，看著同樣受困的另一個人。

咕嚕咕嚕……

從中午後就沒吃東西的肚子，在只有兩個人的空間發出抗議的聲音。

「餓了？」

「超餓。」周書逸尷尬地看向問話的人，點了點頭。

「守一應該有放些吃的，你撐一下。」

高仕德一邊說，一邊起身走向放置藥品的鐵櫃，果然從下面的櫃子找到登山用的爐具和環保餐具，又走到看起來陰森恐怖的人體模型前，打開模型的腹腔拿出藏在裡面的泡麵，然後坐回桌子旁邊，把鍋子放上攜帶式瓦斯爐，把麵條、調味包和礦泉水放入鍋中，轉動控制火力的控制閥，煮著能果腹的泡麵。

周書逸拉了張椅子，隔著桌子坐在高仕德的對面，看著對方專注煮麵的表情，好奇問著：「連藏泡麵的地方都知道，你跟那個無良校醫很熟喔？等等，難道你暗戀的對象就是那個校醫？」

看著對方露出錯愕的眼神，讓開啟話題的人更加確定這個猜測，卻沒發現自己說話的語氣中，有著淡淡的在意。

「我沒——」

剛開口說了兩個字，就被燃起八卦魂的人打斷。

「欸，你都知道我喜歡蔣聿欣了，被我知道你暗戀的人又有什麼關係。放心，我會幫你保密，所以快說，你喜歡他多久了？」

「很久了，只不過……」被誤解的人有些不耐煩，索性順著對方的話說出藏在心底的祕密：「我喜歡的是你。」

「喔，那我就放心了。」周書逸露出理解的表情點了點頭，然後瞪大眼睛，詫異地看著對方：「蛤？你喜歡我？怎麼可能？」

「是啊，怎麼可能……」

高仕德落寞地笑了笑，即使是早就明白的答案，然而從這個人口中聽見時，心臟跳動的位置仍然痛了。

「所以你是開玩笑的？」

「當然是開玩笑，不然呢？誰叫你把我跟裴守一湊成一對。」

「小氣，不說就不說，哼。」

確定對方果然是在開玩笑後，被嚇了一跳的人才收起錯愕的表情，用手肘撐在桌面，托著臉頰盯著不斷飄出熱氣的湯面。

「再忍一下，等水煮開後就可以吃了。」

「嗯。」

幾分鐘後，泡麵的香味瀰漫在光線微弱的空間。

剛才還害怕得想要趕快逃離的保健中心，因為食物的香氣、因為爐火的溫暖，因為身邊有人陪伴，讓怕黑又怕鬼的人不再恐懼。

「吃吧！」

高仕德握著鍋柄，把煮好的麵條和熱湯倒進碗中，把碗推到周書逸的面前，飢腸轆轆的人立刻用筷子夾起泡麵放入口中，品嘗終於吃到的食物。

周書逸咀嚼著滿嘴的麵條，卻看見忙碌大半天的人仰著脖子，一口接一口地灌著礦泉水，於是停下筷子，問：「你呢？」

「我不餓，你吃就好。」

「剛才煮的該不會是唯一的一包泡麵吧？」

「你餓了，快吃。」

斜了眼擺明在轉移話題的人，一手端著裝了泡麵的碗站了起來，另一手則拉了張椅子，坐到高仕德的身旁，把碗放到他的面前，遞出手中的筷子。

「一起吃。」

「一個人吃飽比兩個人都吃不飽要好。」

「兩個人吃比一個人餓死划算，再說了，是朋友就要有福同享有難同當。」

「朋友……」

高仕德看著周書逸的臉，喃喃重複著這兩個字。

是啊，既然「情人」的關係註定無法實現，那麼成為他的「朋友」，是他僅剩的選項。

「不要就算了。」

自尊心高的人，以為對方的沉默是不想和他做朋友的意思，於是撇撇嘴，縮回握著筷子的手。

「我要。」

握住周書逸的手腕，把他剛才拉過來的那張椅子挪近自己，然後把裝著泡麵的碗推到兩個人的中間。

周書逸開心地彎起嘴角，用筷子指著高仕德的臉，臭屁地說：「先說好，就算是朋友，良性競爭也是必要的，我不會一直輸給你。」

「不，你會一直輸給我，因為我不會給你贏的機會。」

溫柔的笑容裡，有著不容妥協的堅持。

因為只有保持永遠的第一名，你的眼裡才有我的存在，這是在小學五年級的成績榜單前，發現能被你注意到的方法。所以我要一直贏下去，一直一直霸占這個最特別的位置。

「哼！猜拳啦！誰贏誰吃。」

周書逸哼了聲，握起拳頭挑釁地看著對方。

「ＯＫ！」

高仕德揚起嘴角，晃了晃右手後，出了拳頭。

第一局，石頭ＶＳ剪刀，高仕德勝。

「嘖，再來。」

不爽地把筷子遞給對方，看著高仕德吞下一大口泡麵後，繼續ＰＫ。

第二局，剪刀ＶＳ石頭，周書逸勝。

第三局，剪刀ＶＳ布，高仕德勝。

第四局，石頭ＶＳ剪刀，高仕德勝。

第五局，石頭ＶＳ石頭，平手。

第六局，布ＶＳ布，平手。

第七局，剪刀VS剪刀，又是平手……

第八局，石頭VS石頭，靠喔又平手……

第九局，石頭VS石頭，煩死了怎麼還是平手……

第十局，石頭VS布，周書逸勝。

「哈！」

連續五局平手後終於獲勝的人開心地笑出聲音，搶走放在碗上的筷子，撈起一大口麵條放進嘴巴。

周書逸吃著已經沒那麼燙口的泡麵，看著在燭光下顯得非常帥氣的臉龐，以前沒有好好看過這個人的臉，難怪情人節時總能從女同學手上收到比自己多好幾倍的巧克力。

帥氣、溫柔、又會照顧人……

能被這麼完美的高仕德偷偷暗戀的那個人，究竟是誰？

＊＊＊

跨越零點零分步入凌晨的保健中心，用來照明的蠟燭已全部燃盡，無論室內還是外面的走廊全都漆黑一片。

「你睡得著？」

怕黑的人看著擺在左右兩邊的病床，吞了吞口水，試探問著。

「我……」忙著鋪床的人停止手上的動作，為了不戳破對方害怕一個人睡覺的想法，改口回答：「我很怕，怕到睡不著。」

「膽子真小，把床推過來我陪你聊天。」

周書逸偷偷鬆了口氣，主動提議，和高仕德齊力將兩張床合併，於是兩個人坐在床上，有一搭沒一搭地聊著。

「你不想告訴我你暗戀的人是誰，總可以聊聊他是怎樣的一個人吧？比如個性、長相，或是興趣嗜好什麼的。」

「你的好奇心也太旺盛了吧！」

「是朋友就快說。」

「他……」

拗不過對方的催促，只好轉頭看著坐在左邊的人，描述著他暗戀的對象……

「很可愛，雖然有人覺得他很狂妄、自大又自戀，不過在我眼裡，他就是可愛。」

月光透過鐵窗和窗簾，篩落在周書逸的臉龐，雖然這樣的亮度只能看見模糊的輪廓，可是這個人的每一個表情、每一個反應，已在十幾年的時間裡，深深烙印在他的腦海。

「能把缺點看成優點，果然是真愛。」

「也許吧。」高仕德抿起嘴角微笑，移開隱藏太多祕密的眼神，轉頭看向被黑暗籠罩的保健中心，繼續說著：「雖然他很傲嬌、很倔強，可是對朋友很好，寧願委屈自己也要保護朋友。」

「講義氣，還算是有個優點。」聽見那個人也和自己一樣重視朋友，周書逸點了點頭，問：「所以你真的不打算跟對方告白？」

「我不想破壞好不容易建立的友情。」

猶豫的嘆息傳進另一個人的耳裡，淡淡說著。

「同是天涯淪落人，我懂。」周書逸有些睏意地拍了拍高仕德的肩膀，拉開被子躺在床上，勸著和他處在相同立場的人：「我已經放下，你卻還陷在裡面，如果想訴苦就來找我，我會聽你說話而且幫你保密。」

『有什麼不開心的事情就來找我，我給你靠。』

高仕德看著躺在左側的人，想起他們初次相遇時，天使男孩對他說過的話。

「不過話說回來，你這麼優秀，能被你暗戀，是那個人的幸運。」

「真難得，這還是你第一次稱讚我。」

周書逸曲著手肘，把手臂枕在後腦，聳了聳肩膀，說：「就事論事罷了。」

辦公桌上的電子鐘，隨著兩人的談話跳動代表時間的數字，即使說了那麼多話，聊了那麼多以前不曾聊過的事情，然而陌生的環境卻仍讓周書逸無法入睡。

「高仕德，幫我個忙，唱歌給我聽。」

十二點五十二分，翻來覆去卻睡不著的人，忍不住提出請求。

「唱歌？」高仕德愣了愣，沒想到會被這樣要求。

「我習慣在睡前聽歌，快點。」

「可是我……」

「拜託（お願い）。」

這兩個字就像童話故事裡的咒語，讓高仕德無法狠心拒絕，正想著哪首歌比較適合拿來哄人睡覺，某段旋律就自動在腦中浮現。

一首，他曾站在琴房外，聽周書逸哼過的曲子……

『因為你而炙熱的夏天，愛躲在你裡面。

一直在繞圈圈，說與不說都很曖昧，好想讓你知道不必等到明天。
如果你也想，趁這場雨輕輕打散某個習慣，讓感覺天旋地轉不只是心安。
從未擁有的呼喚，喚醒我的存在……』（註1）——

「繼續啊，很好聽。」

不知從什麼時候轉身面向右側的人，用手指撓了撓高仕德的手臂，催促。

「這是你第二次稱讚我。」

「快唱，唱得好聽我會再稱讚你第三次。」

「好。」高仕德彎起嘴角，微笑。

低沉的嗓音驅走對陌生環境的害怕，周書逸側身躺在床上，發出均勻的呼吸聲，向來討厭與他觸碰的人，卻沒有收回貼在手臂上的指尖。

一點三十七分，確定對方已完全熟睡後，才悄悄抽回被碰觸的手臂，挪動身體起身下床，然後走到放在角落的人體模型的頭蓋骨，從頭蓋骨內拿出寫著

註1　截自《水藍色情人》歌詞。

WIFI密碼的紙條坐回放置筆電的辦公桌後方，開啟電源輸入密碼，等到連上網路後進入通訊軟體的聊天室，發送了一則訊息。

＊　＊　＊

教學大樓前

舉辦送舊夜遊活動的空地上，聚集著闖關成功也拿到獎品的參賽者，和雖然沒有成功卻也玩得開心的學生們。

主持人握著麥克風，宣布以最快速度通關的組別：「讓我們用熱烈的掌聲和尖叫，恭喜這次試膽大會的冠軍，石哲宇！劉秉偉！恭喜你們！」

教學大樓前瞬間響起如雷的掌聲，以及高分貝的尖叫聲，恭喜贏得最大獎項的兩位同學。

「書逸呢？你們有沒有人看見周書逸？」

關主之一的蔣聿欣還套著扮成女鬼的白布，臉上也畫著嚇人的特效妝，怎麼都找不到周書逸的她，抓著站在附近的幾個人詢問。

「沒有。」

「不知道。」

然而無論方政文還是擔任STAFF的學弟學妹，都沒有人看見周書逸。就連才從主持人手中拿到獎品的石哲宇，也走到蔣聿欣的面前，說。

「不只周書逸，就連高仕德也不知道跑去哪兒了。」

「什麼？他們兩個都不見了？政文，陪我去設置關卡每個地方再找一次。」

「好。」

方政文牽起蔣聿欣的手，準備回到大樓內找人，就看見主持人握著手機走了過來，搖了搖手阻止他們。

「放心吧！仕德剛才傳訊息來，說他和周書逸覺得很無聊所以先回家了，還要我幫他們保管手機，說是明天上課後再到社辦取回。」

「借我看一下。」

石哲宇搶走主持人手上的手機，點開傳送到聊天室的訊息，果然和轉達的內容一模一樣。

「又是周書逸。」

沮喪地把手機還給主持人，剛才興奮領取的獎品被遷怒地扔在地上，紅著眼眶轉身離開。

「喂！石哲宇！」

劉秉偉不明白幾秒鐘前還開心歡呼的人為什麼突然鬧起脾氣，只好撿起被扔在地上的獎品，喊著對方的名字追了上去。

「說好了要讓給你的獎品，你不要啦？」

「滾開。」

空地上，蔣聿欣用眼神詢問站在旁邊的方政文，方政文卻搖了搖頭，表示他也不知道那兩個人究竟發生了什麼事情。

＊　＊　＊

保健中心

高仕德蓋上發送完訊息的筆記型電腦，回到併在一起的兩張鐵床。

其實今晚發生的事情都是他一手策劃，討厭私人領域被人侵入的裴守一，怎麼可能出借保健中心讓社團舉辦試膽大會？所以保健中心並非闖關遊戲的關卡，看似意外的跳電也是他拉下電源總開關的結果，就連反鎖的不鏽鋼門，也在事前用螺絲起子卸下內外兩側的門把。

一切一切，只為了能在畢業前，製造能和周書逸單獨相處的機會。

「抱歉，讓你害怕了整個晚上。」

拉開被單側躺在床上，托起另一個人的腦袋枕在自己的手臂，看著那人熟睡的臉龐。

「好想就這樣看著你……好想讓時間停留在這個晚上……好想再靠近你一點點……一點點就好……」

藏在心底的話就像《源氏物語》夕開朝落的夕顏花，只能在不被人發現的深夜和凌晨悄悄綻放，然後在朝陽露出第一道曙光前，默默回到原來隱藏的地方。

於是就這樣看著偷偷暗戀的人，直到襲來的睏意讓他沉沉睡去，進入有那個人存在的夢鄉……

＊　＊　＊

隔天早上，準時上班的校醫站在保健中心的外面，撿起掉在走廊上的門把，用鑰匙打開反鎖的門板，走進被弄得亂七八糟的地方。

明亮的陽光穿過鐵窗照射在高仕德的臉上，睡得滿足的人才睜開眼睛，就看見抱著手臂站在床尾的男人。

「出手了？」

裴守一用看好戲的眼神，看著躺在床上的兩個人。

「噓。」

已經醒來的人緊張地將左手食指抵在嘴脣，示意對方如果有什麼話就去外面說，然而裴守一卻仍抱著手臂不打算移動腳步，無奈之下只好合起手掌，用嘴型說出「拜託」這兩個字，才讓男人轉過身往外面走去。

「嘶……」

等裴守一離開後，高仕德皺著眉頭，想抽回借給周書逸當枕頭的手臂，然而長時間血液不循環的結果，就是從手肘到指尖全都麻得無法使力，只能用右手握住左手手臂，總算把手臂從對方的脖子下方慢慢收回。

眷戀的眼神看著背對自己熟睡的人，寵溺地將周書逸散在臉頰的頭髮撩到耳後，伏低身體緩緩貼近，用顫抖的脣瓣虔誠吻上染著體溫的臉頰，壓低聲音，用前一晚被稱讚兩次的低沉嗓音，輕聲訴說……

「說喜歡你，並不是開玩笑；說會趁虛而入，也是真的；你說能被我愛上的人很幸運，可惜你永遠不知道，那個幸運一直都屬於你……周書逸，我喜歡你。」

然後起身下床，拉上隔絕干擾的簾子，走到外面，和站在走廊上等待的男人一起去倉庫領取保健中心需要的藥品和紗布。

「……」

躺在床上的人，在簾子被拉上後睜開眼睛，探出棉被的手指碰觸被親吻的臉頰，陷入沉思。

＊　＊　＊

教室

「唉喲，今天怎麼來這麼早？太陽打西邊出來喔！」

方政文剛踏進教室，就看見已經坐在座位上的死黨，然而難得早到的人卻用手撐著下巴發呆。

「周書逸，你昨天很不賞臉耶！居然說無聊就先回家。」

跟著方政文走進教室的社團幹部，一屁股坐在周書逸前面的位置，開口抱怨。

「就是說啊，虧我跟聿欣還想著要怎麼嚇你，結果根本沒等到你。」

身為關主的蔣聿欣為了讓效果更加逼真，還買了拍戲用的特效血漿，只要膽小鬼一進來，就把血漿噴到他的臉上。

說話的人沒注意到死黨的出神，卻想起來教授昨天上課時提到的考試範圍，於是看著和自己一起過來的男同學，問。

「昨天上課的筆記有沒有？借抄一下。」

「當然沒有啊，我連課本都沒帶。」

「你還好意思講。」方政文放棄跟對方借筆記的打算，轉頭看向坐在右邊的人，直接拿起周書逸攤開在桌面的課本，說：「書逸，筆記借我一下。」

周書逸這才回過神，納悶看著被搶走的課本：「什麼筆記？」

「教授昨天說期末考會考的那個。」

「喔。」

看著埋頭抄寫上課內容的好哥兒們，周書逸抿抿嘴脣猶豫片刻後，鼓起勇氣說。

「政文，幫我問一下聿欣，最近系上或其他科系有沒有什麼聯誼活動。」

「怎麼，想交女朋友？」

穿著藍白格子襯衫的人，側頭看著態度反常的死黨。

「對呀，歡迎介紹。」

「這麼突然？」

以前這傢伙對蔣聿欣以外的女生，可都是一臉生人勿近的冷漠，和聯誼活動更是八竿子打不到關係，怎麼突然就想認識女孩子了？

周書逸斜了眼方政文，不爽地說：「誰叫你們老是在我面前放閃，我當然要閃回去。」

「白痴喔！就因為這個原因？」

「拜託。」

合起手掌，懇求地看著對方。

「好啦，我幫你問她。」

確定方政文願意幫忙後，周書逸總算鬆了口氣，把身體靠向椅背，看著陸續走進教室的其他同學，再次用手撐著下巴，發呆。

＊　＊　＊

隔天

中午時分，結束早上課程的學生紛紛走出校園，去學校附近的餐廳吃飯。

周書逸穿著黑色T恤，一會兒搓手，一會兒又用手指沿著玻璃杯的杯口畫圈，還時不時看向餐廳門口，緊張又期待地等著某個人。

幾分鐘後，染著棕色頭髮的女孩穿著長裙走進餐廳，站在前檯的服務生正在詢問她是否有預約，女孩就已經看到她要找的人，還跟對方揮了揮手，然後在服務生的帶領下來到桌子旁邊。

「學長，你等很久了嗎？」

女孩把長髮撩到耳後，隔著桌子坐在周書逸的對面，帶著笑容問。

「沒有。」周書逸嚥了嚥口水，緊張卻禮貌地說：「想吃什麼隨便點，我請客。」

「好啊，謝謝學長。」

何佳菁靦腆微笑，為了跟心儀的學長吃飯，不但特地買了套全新的洋裝，還畫著淡淡的妝容，只為了能在對方心中留下完美的印象。

放在長褲口袋的手機傳來收到訊息的震動，周書逸拿出手機，看著上面的簡訊。

『你在哪？不是約好一起吃飯的，忘了嗎？』

是高仕德傳來的簡訊。

「怎麼了嗎？」

「沒事。」朝女孩搖搖頭，把手機螢幕朝下蓋在桌面，微笑地說：「想好了嗎？妳要吃什麼？」

「我再看一下。」

「慢慢來，不急。」

沒有和鐵三角在一起的自在、沒有跟劉秉偉的互嗆，也和面對高仕德時完全不同，刻意放緩的說話速度、刻意溫柔的語氣、刻意不催促的應對方式……

一切，都很刻意。

何佳菁開心地拿出手機，把自拍了無數次後終於成功的照片，舉到周書逸的面前：「你們會游泳的人都好厲害，所以我也想拍下在海邊游泳的照片，學長你看！」

面對偷偷喜歡了許久卻沒有機會接近的學長，她努力尋找對方會有興趣的話題讓氣氛不再尷尬。

如果不是聿欣學姊主動提出，說書逸學長想認識女生，不然自己永遠只是游泳隊比賽時在觀眾席加油吶喊的其中一員，不可能像現在這樣，一對一地跟自己的男神共進午餐。

「不錯。」

只是好不容易開啟的話題，卻只得到淡淡的兩個字。察覺對方的勉強，於是換了話題，問。

「不然我們去看棒球怎麼樣？我平常沒事的時候也看比賽，喜歡去現場加油。」

「可以。」

「還是我們去打保齡球？」

「都好。」

越來越無趣的對話，讓周書逸掛在嘴角的笑容逐漸僵硬，只好招來服務生，用點餐打斷女孩滔滔不絕的提議。

「不好意思，我想點餐。」

「好的，請問您想點什麼？」

「我想要一份套餐，前菜是……」

服務生專心抄寫客人的訂單，何佳菁看起來有點尷尬，但仍掛著滿滿的笑容，近距離看著她崇拜的男神。

＊　＊　＊

圖書館

學校圖書館內，高仕德坐在自習區，看著手機螢幕上顯示已讀不回的訊息，忽然看見正從門口走來的方政文和蔣聿欣，於是退開椅子走了過去。

「你們知道書逸在哪嗎？」

「……」

方政文和蔣聿欣彼此對看了一眼，蔣聿欣更是露出不知道該不該說實話的表情，看著高仕德。

「其實……書逸他……」

蔣聿欣猶豫了一會兒，才說出周書逸主動問她有沒有聯誼活動，所以就把學妹介紹給他認識。

「我有個學妹喜歡書逸很久了，所以想說藉著這個機會讓他們認識。你最近跟書逸走得很近，你們……不是朋友嗎？」

「對，是朋友……我們是很好的，朋友。」高仕德垂下視線，回答的聲音像在說服自己，說服自己接受不可能改變的選項：「謝謝妳告訴我書逸在哪裡。」

失落地走回原來的座位，坐在椅子上翻動攤開在桌面的書本，然而目光卻始終固定在放在旁邊的手機，固定在那則已讀不回的訊息。

朋友……

是啊！

他們，只能是朋友。

＊　＊　＊

餐廳

餐廳裡，女孩仍在滔滔不絕地說著，隔著桌子坐在對面的人卻越是聽著，越是恍神。

「我最喜歡吃蝦了，學長你呢？喜歡嗎？」

「喜歡。」

周書逸在機械般的回答後，用筷子夾了一隻烤蝦放在自己的盤子。何佳菁心想一定是自己不夠主動，所以學長才沒什麼反應，所以決定更積極地表達她的體貼，於是夾起最肥美的那隻烤蝦，剝去蝦殼後遞到對方面前。

「學長，給你！」

「……」

周書逸抬起頭，看著笑容甜美的女孩，想起有一個人也會挑出最大的蝦子，剝去蝦殼後，放到他的盤子上。

從餐廳返回學校的路上，何佳菁仍是喋喋不休地說話，周書逸則是有一搭沒一搭地回應著。好幾次女孩都已經換了別的話題，男孩卻還在回答之前提出的問題。

「學長，你是不是不舒服？」

校門前，何佳菁停下腳步，關心問著無論吃飯還是走回學校的路上，都不太說話的學長。

「沒事，妳下午不是還有課，快去教室吧。」

「那……如果可以的話，我們下次一起去——」

何佳菁咬了咬嘴唇，鼓起勇氣打算提出下次約會的邀請，然而始終想著別的事情的人，卻把站在面前的女孩看成另一個人。

一張，帥氣、溫柔、又會照顧人的，臉孔。

「我不要！」

衝口而出的拒絕，抗拒著隱隱浮現卻被理智否認的答案。

然而這三個字卻被幾個小時以來不斷找話題想要討好對方，卻始終被男神無視的女孩，解讀成是對約會邀請的拒絕，於是踩了周書逸一腳，生氣地說。

「算了！反正你根本不想跟我約會，我還有課，先走了，謝謝學長請我吃飯。」

女孩扔下這句話後，甩著頭髮轉身離開，留下一頭霧水的人抱著被踩痛的右腳在原地慘叫。

＊　＊　＊

周家

被譽為能讓鋼琴家盡情發揮並成就夢想的史坦威鋼琴，黑色的烤漆鏡面折射出房間內的陳設。

周書逸坐在琴椅上，任由指尖在琴鍵遊走，彈奏著蕭邦的練習曲10第三號《離別》，又叫做《悲傷》(Tristesse)的練習曲。

這首歌，是媽媽以前最常彈奏的曲子，曾經是《一百零一次求婚》配樂的這首練習曲，配上其貌不揚的男主角對身為大提琴家的女主角說出的那句臺詞——

我不會死，因為愛你，所以我不會死。

讓《一百零一次求婚》，成為劇迷心中無法超越的經典。

『媽咪偷偷跟你說喔，你爸跟我求婚的時候就是用這首曲子。還說如果我們之中有一個人必須早一步離開，那他希望自己是活著送我離開的那個。因為離開的人沒有感覺，被留下的卻得承受失去的痛苦。小逸你說，你那個看起來又古板又嚴肅的老爸，是不是很浪漫？』

母親的話，一語成讖。

病痛帶走的不只是他本該擁有的與母親相處的時間，也帶走了老爸本就不多的笑容；只留下隨著歲月積累，沉澱在心底的思念。

隨著音符流瀉，腦子裡不斷浮現這段日子和某個人的互動……

『你呢？如果喜歡的人喜歡別人，你會怎麼做？』

『我會從中破壞，趁虛而入。』

開玩笑的語氣，說話時的眼神卻十分認真。

那個人本來就不是其他人眼中人畜無害的暖男，對於渴望的目標，他總能設定計畫，擊破難關直到成功。

『你暗戀的人就是那個校醫？難怪連他把東西放哪都知道。你喜歡他多久了？』

『我喜歡的……是你。』

『喔。什麼？你喜歡我？怎麼可能？』

『是啊，怎麼可能……』

『所以你是開玩笑？』

『當然是開玩笑，不然呢？誰叫你把我跟裴守一湊成一對。』

『小氣，不說就不說，哼。』

原來，當時以為的玩笑話……

並不是玩笑。

『你不想告訴我你暗戀的人是誰，總可以聊聊他是怎樣的一個人吧？比如個性、長相，或是興趣嗜好什麼的。』

『你的好奇心也太旺盛了吧！』

『是朋友就快說。』

『他……』

『很可愛，雖然有人覺得他很狂妄、自大又自戀，不過在我眼裡，他就是可愛。』

『能把缺點看成優點，果然是真愛。』

『也許吧！雖然他很傲嬌、很倔強，可是對朋友很好，寧願委屈自己也要保護朋友。』

『講義氣，還算是有個優點。』

現在回想起來，高仕德口中狂妄、自大、自戀、傲嬌、倔強，卻對朋友很好，寧願委屈自己也要保護朋友的人……

不就是他嗎？

『所以你真的不打算跟對方告白？』

『我不想破壞好不容易建立的友情。』

『同是天涯淪落人，我懂。我已經放下，你卻還陷在裡面，如果想訴苦就來找我，我會聽你說話而且幫你保密。』

還陷在裡面，是因為當一個男生喜歡上另一個男生時，便已註定這段暗戀不會有任何結果。

用友誼的假象包裝真正的情感，站在朋友的位置看著自己喜歡的人，喜歡上別的女孩。

『因為你而炙熱的夏天，愛躲在你裡面。

一直在繞圈圈，說與不說都很曖昧，好想讓你知道不必等到明天。

如果你也想，趁這場雨輕輕打散某個習慣，讓感覺天旋地轉不只是心安。

從未擁有的呼喚，喚醒我的存在……』

只聽過一次的歌曲，便已牢牢記在腦海。

因為唱歌的，是他；彈奏曲子的，是他。

關於他的一切，都被那個人悄悄收藏。

『說喜歡你，並不是開玩笑；說會趁虛而入，也是真的；你說能被我愛上的人很幸運，可惜你永遠不知道，那個幸運一直都屬於你……周書逸，我喜歡你。』

「高仕德……」

喃喃說出的名字，讓優雅的琴音戛然而止。

從琴鍵移開的手指緩緩撫上被脣瓣親吻的臉頰，迅速蔓延的熱度讓周書逸慌亂起身離開琴房，衝進浴室打開水龍頭，藉著淋在衣服和身上的水柱，沖去越來越紊亂的思緒。

第五章　只因為是你

周書逸恍神走在校園，腦子裡浮現的全是同一張臉孔，就連那個人說過的話，也像按下循環播放的歌曲清單，不斷不斷地在耳邊重複。

「周書逸……」

呼喚名字的聲音模糊得彷彿從遙遠的遠方傳來，就連逐漸走向自己的那張臉孔，也像大開濾鏡的偶像劇劇照，只要再飄幾片粉紅色的櫻花花瓣，他絕對給上傳這張帥哥照片的ＩＧ帳號按下點讚的愛心符號。

「周書逸，總算找到你了。」

「又是幻覺。」

看著居然開口說話的帥哥照片，周書逸自嘲苦笑，看來大腦製造幻覺的能力又升級了。瞧瞧，都從靜態的照片升級成附加語音的動態貼圖。

「什麼幻覺？」

「喲，還能對話？」

沒想到眼前的幻覺還能跟自己說話，忍不住伸手捏了捏帥哥的臉頰，卻聽見眼前的「高仕德」發出疼痛的聲音。

「別鬧，痛！」

太過真實的反應，終於讓恍神的腦子瞬間清醒，終於發現原來站在面前的是高仕德本尊。

「靠！是真的！」

周書逸嚇得猛地後退，卻因此不穩而腳踝瞬間一拐，劇烈的痛意瞬間直衝腦門。

「可惡！害我扭到腳。」

「我送你去保健室。」

「不必。」

遷怒推開伸向自己的手臂，卻看見高仕德皺起眉頭，強勢地說。

「用背的還是用抱的？自己選一個。」

「扶我就好。」

在比較不丟臉跟超級丟臉之間，選擇了比較不丟臉的選項，然後被高仕德捉住右手搭上他的肩膀，一拐一拐走去能處理傷勢的保健中心。

＊　＊　＊

保健中心

「又是你，無良校醫。」

周書逸坐在椅子上，不爽地看著身穿醫師袍的男人。

砰！

裴守一把手一揮，關上放置藥品的置物櫃門板，發出金屬碰撞的聲音，勾起諷刺的笑容，指著男孩扭傷的右腳：「不要我幫你可以，那就自己解決，反正痛的人不是我。」

說完，就往門口走去。

原本站在周書逸旁邊的人嘆了口氣，不懂這兩個人為何這般水火不容，於是走向裴守一，委婉問著：「繃帶在哪？我幫他處理傷勢。」

男人睨了眼試圖打圓場的人，在對方的腦袋上拍了一下，解釋：「你以為我出去是要幹什麼？就是繃帶沒了才要去儲物室拿。」

「我去。」

高仕德鬆了口氣，扔下這句話後轉身離開保健中心，去存放藥品的儲物室領取繃帶，沒有察覺自己的每個動作都被另一個人專注看著。

裴守一看了眼不自覺用眼神追逐某人背影的男孩，走到他的旁邊，反轉椅子抱著椅背坐在周書逸的面前，驕傲微笑。

「我放心了。」

「什麼？」

「你沒有我好，吸引不了仕德。」

男人低沉的嗓音把這句話說得曖昧，成功讓涉世未深的男孩用漂亮的眼睛瞪著他，露出戒備的神情。

「什麼意思？」

裴守一用手指輕輕地在周書逸的鼻梁一摸，挑逗地說：「不知道男人可以喜歡男人嗎？小、鬼。」

周書逸訝異地看著對方：「你！所以你對高仕德……」

難道不是高仕德喜歡這個無良校醫？

而是這個老男人喜、喜歡他？

「沒錯，我對他——勢、在、必、得！」

收回碰觸鼻梁的手指，抵著唇邊比出噤聲的手勢，還挑釁地用另一隻手輕輕梳理著男孩的頭髮。

「所以，噓！幫我保密，我準備下個月動手，祝我成功。」

「成功個屁！」周書逸火大甩開對方的手，衝動吼出這幾天以來不斷擾亂他情緒的那句話：「高仕德說他喜歡的人，是我！」

卻沒發現從儲物室回來的人已經站在自己的背後，聽見他和裴守一的對話，也聽見最關鍵的那句話。

裴守一抬起下巴看著站在周書逸後面的人，說：「看來你想藏的祕密，已經不是祕密。」

「……」

周書逸隨著裴守一視線轉過頭，果然看見手上拿著繃帶的高仕德。

裴守一勾起嘴角從椅子站了起來，邁開腳步走向臉色慘白的人，剛伸出手想摸摸他的頭髮，腳踝扭傷的人立刻衝到他們之間，揮開對高仕德意圖不軌的手，還把人藏在自己身後，警告瞪著穿著白袍的校醫。

「別碰他。」

男人笑了笑，把手放回身側，表情認真地看著高仕德，說：「小子，把話說清楚，別留遺憾。」

『有我在，你就不孤單了。』

每當過年親戚聚會時，別的孩子都不敢靠近自己，只有這個笨蛋無論他如何漠視，如何冷言冷語趕他離開，都會抱著最喜歡的童話書走進房間，坐在角落默默看書，默默陪伴。

所以這一次，就由他來償還這份人情，當一回多管閒事的媒人婆，希望讓這個小表弟能和他暗戀多年的人走到一起，擁抱屬於他的幸福。

錯身而過時，裴守一拍了拍高仕德肩膀，然後關上門走出保健中心，把空間留給兩個男孩。

「高……」

「有什麼話，等處理完再說。」

高仕德打斷周書逸的話，把他攙扶回椅子上坐好，抬起他受傷的右腳放在自己的膝蓋，脫去鞋襪後用酒精消毒扭傷的部位，接著拆開繃帶的塑膠包裝，把繃帶一圈一圈纏繞在有些紅腫的腳踝後打結固定。

「……」

看著對方熟練的動作，突然加速的心跳撲通撲通地在胸口震動，為了讓自己轉移注意力於是開口。

「我是不小心聽到的……」

送舊夜遊活動的隔天早上，他不是故意裝睡，只是習慣性地賴在床上，卻沒想到會聽見讓他不知道該怎麼回應的告白。

高仕德停下包紮的動作，看著已經幾天不見的人：「所以才開始躲我，還跑去跟女生聯誼？」

「你怎麼知……」

「那天沒等到你回覆的訊息，又恰好在圖書館遇見蔣聿欣和方政文，所以就跟他們問了你在哪，聯誼的事情就是他們跟我說的。」

周書逸咬著嘴唇猶豫了幾秒，說出他考慮了好幾天的答案：「高仕德，我沒想過喜歡男生。」

「我知道。」

接話的聲音異常冷靜，當了這麼多年的旁觀者，就連對方喜歡怎樣的女孩他都清楚。所以早就明白這份暗戀不會有結果，朋友的位置，已經是最接近這個人的距離。

高仕德替受傷的右腳套上襪子穿好鞋子，細心地繫上鞋帶，然後抬起頭，嚴肅地看著對方：「不要因為躲我才去交女朋友，這樣對人家很不公平。」

「我才不會那麼渣。」

對於情感他非常專一，所以才會暗戀蔣聿欣暗戀了那麼多年。

「那就好。」高仕德欣慰地嘆了口氣，撐起僵硬的笑容，說著：「解決失戀最好的方法就是再談一場戀愛，祝福你有個嶄新的開始。」

「高……」

不知為何，看著這個人眼裡的痛苦，胸口處也跟著難受。只是才開口說了一個字就被對方打斷，還托著他的手臂幫助他起身。

「站起來試試，應該不痛了。」

周書逸只好配合地站起身子，試著動了動扭傷的右腳，表情複雜地說：「好多了，謝謝。」

確定受傷的人已經可以自行走路，高仕德才轉身走到擺放背包的桌子旁邊，抓著背帶掛在肩膀，背對著另一個人，說：「周書逸，喜歡你是我的事，跟你沒有關係。之前威脅你的影片我會刪除，謝謝你這段時間的陪伴和友情，從明天開始不用再繼續當我的書僮，還有……」

站立的背影沉默了片刻後，才又開口。

「忘了我那天說過的話。」

說完後，背起背包打開被裴守一關上的不鏽鋼門，走出保健中心。

留下周書逸獨自站在裡面，看著他離去的方向發呆。

＊　＊　＊

高家

啪！

餐桌旁，高媽媽放下碗筷對著正在發呆的兒子兩手一拍。

「媽？」

高仕德嚇了一跳，抬頭看向母親。

「喲，會動喔？我還以為我生了個沉思者兒子，怎麼？有心事？」

「沒有……」

「沒有？」高媽媽拉高聲音重複兒子才說過的話，瞇起眼睛盯著坐在對面的大男孩，問：「你是我生的，有沒有心事我會看不出來？還想騙我？快說！到底怎麼了？」

高仕德放下筷子，看著母親，說：「我只是在想，要怎麼放棄喜歡一個人。」

「試著追求過了嗎？」

「……」高仕德嘆了口氣，搖了搖頭。

「試都沒試就在講放棄？我記得我有給你生膽子呀，好像還生了很大一顆，你弄丟啦？要不要為娘的幫你找找？」

說完還故意彎下腰，假裝在地板上尋找被兒子弄丟的膽子。

「媽。」

男孩討饒地喊了聲，只見母親笑了笑，鼓勵地說。

「兒子啊，喜歡一個人就要勇敢追求，如果連努力都沒有努力過，等到幾年後你一定會後悔的。」

「那如果已經知道結果會失敗……」高仕德放下用另一隻手握住的飯碗，

沮喪地問：「還要試嗎？」

高母看著難得失去信心的寶貝，也跟著放下碗筷起身繞過餐桌，拉開兒子右邊的椅子坐下，然後說：「怎麼了我的帥兒子？有信心一點好不好？你又不是那個人，怎麼知道他會怎麼回答你？就算不被接受又怎樣？告訴對方你的喜歡，跟他會不會接受你的喜歡，本來就是不同的兩件事情。再說了，人生那麼長，感情的路上誰沒有磕磕碰碰？」

母親揉了揉兒子的頭髮，俏皮地眨眨眼睛，接著說道。

「而且受了傷的男人才更有魅力，搞不好對方看到有人愛他愛得那麼深情那麼愛到卡慘死，也就回心轉意了呢？對吧！」

高仕德被老媽的話逗出難得的笑容，壓抑情緒的胸口似乎也稍稍淡化原本的疼痛，看著總是用親情的安全網接住自己的母親，開口：「媽，我能問妳一個問題嗎？」

「問呀！」

「妳為什麼會答應叔叔的求婚？不擔心他會和爸爸一樣？」

「……」

高媽媽看著兒子，沒想到他提出的是這個問題。

面對丈夫外遇離婚，身為女人，她自責自己做得不夠；讓兒子得面對無法永遠圓滿的家庭，身為母親，她愧疚自己的決定。

直到某一天，還是小學五年級的兒子，抱著不斷哭泣的她，認真地對她說……

『媽咪不要哭，不要說自己不好，妳是我最棒最棒的媽咪，我最愛最愛的媽咪，爸爸不要我們，我們也不要他。這個家沒有變，還是跟以前一樣，我們只是把三個人的家改成兩個人而已，沒什麼不好。』

孩子的這句話，讓她的自責與愧疚徹底釋懷。

之後，她把全部心力放在兒子和工作上，身為華磐資訊執行長的她把公司打理得井然有序，業績也逐年成長。

最寶貝的兒子無論課業還是人品都不需要她特別擔心，看著孩子一天天成熟、獨立、自信，就像曾經被摔在地上散落滿地的拼圖，經過許多年的努力與修復後，慢慢拼回它本該擁有的模樣。

只剩下兩處空白——

屬於她的幸福。

以及，屬於仕德的幸福。

幾年前，認識了即將和她成婚的未婚夫，同樣有過一段不完美婚姻的男人有一個和前妻生下的女兒。男人無論對她還是對她的兒子都很照顧，偶然相遇的兩人就像遇見缺角的圓，曾經都在情感的路上跌跌撞撞滿身傷痕，卻仍不放棄尋覓更適合的伴侶。

於是男人向她求婚，希望成為彼此的倚靠，而她也將搬離臺灣前往美國，和新的家人共同生活。

想起過去的點點滴滴，高媽媽露出被歲月洗練後從內心散發的自信，答覆兒子提出的問題：「受一點傷的男人才更有魅力，而受了傷的女人，會更有智慧。以前選擇伴侶的標準，是他會不會疼我愛我；現在的選擇，則是那個人能不能除了愛我以外，也能同樣愛護我在乎的『家人』。」

說著，忍不住眼眶泛淚，握著兒子的手由衷地說。

「仕德，謝謝你這些年來既是我的兒子，又是我無話不說的好朋友，才讓媽媽熬過最痛苦的時候。現在，媽媽已經找到屬於我的幸福，只剩下最後一個願望，就是看著我的寶貝兒子也能和他真心喜歡的人，幸福地在一起。」

「媽……」

母親對孩子的疼愛渲染了被握住雙手的男孩，高仕德哽咽地喊了聲，聲音中有著太多太多的情緒，太多太多複雜得無法用言語形容的情緒。

為了緩解太過感傷的氣氛，高母笑著皺了皺鼻子，仰起臉把淚水逆回眼眶，用少女般的語氣對兒子撒嬌：「不過就算你能和喜歡的人在一起，也不可以因為這樣就不跟我去美國喔。高仕德，為娘的警告你，可別有了情人就忘了娘，如果那樣的話就太沒良心了。」

「不會啦！媽，我答應妳的事情一定說到做到。」

做為婚禮上唯一的伴郎，他將牽著母親的手，帶著她走向幸福的彼端。

「那就好。吃飯吧，難得我親自做飯給你。」

高媽媽拿起原本放在旁邊的文件，打算一邊吃飯一邊確認合約內容，卻被高仕德搶走公文，換上碗筷塞到她的手中，說。

「既然都難得親自下廚了，就不要再看公文，好好陪兒子吃飯。」

「遵命，我的寶貝兒子。」

「這還差不多。」

餐桌上，彼此倚靠的母子互相挾起對方喜歡吃的東西放到另一個人的碗裡，聊天歡笑的聲音滿滿迴盪在只有兩個人的屋子，讓偌大的空間一點都不孤單。

＊　＊　＊

周家

周書逸坐在自己的房間，看著右腳上的繃帶，想著和高仕德在一起的時候……

『你就是高仕德？』

『對。』

『可惡！我記住你了！』

那時的高仕德，就是如同背後靈緊跟在後無所不在。

但凡有他在的地方，自己就是「萬年第二名」，耀眼的光環都被對方霸占。

所以他最最最討厭的，就是高仕德。

『周書逸你有病嗎？』

『你才有病，幹麼親我？』

『誰叫你死不上來？』

『我上不上來關你屁事！』

『你就這麼喜歡蔣聿欣？喜歡到看見她和方政文告白就難過到連命都不

要？』

『等等，你怎麼知道聿欣跟政文……』

『媽的！你監視我！』

『如果難過，就別勉強……』

『滾！別逼我揍你！』

意外知道暗戀多年的女孩，喜歡的是自己的好哥兒們。

於是逃進無人的游泳館內，不甘心地大哭，然後衝動地跳入水中，用冰涼的池水隱藏無法停止的眼淚。卻被默默跟在背後的人誤解，將他拽回想要逃避的現實，拽回沒了池水的沖淡後，藏不住也止不住的淚水。

『總算找到你了。』

『說好一起吃飯的，忘了嗎？快點！我下午還有課，得趕回來上課。抱歉，這個人我借走了。』

蔣聿欣和方政文都沒察覺的尷尬，卻被之前少有交集的人發現。

『放手！高仕德你放手！』

『不抓著你，你會跟我走嗎？知不知道自己剛才是什麼表情？還是你覺得讓他們知道你暗戀蔣聿欣也無所謂？』

『被知道又不會怎樣——』

『就算這支影片傳給蔣聿欣和方政文也不會怎樣？』

『王、八、蛋！』

『你到底想做什麼？跟蹤我不夠，現在還威脅我？』

『沒錯，就是威脅。正好最近缺個書僮，只要你能隨傳隨到，這支影片和你暗戀蔣聿欣的事情，我會一直幫你保密下去。』

現在回想起來，除了訂立契約時被高仕德威脅，之後相處時他這個「書僮」反而是被照顧的一方。

不想吃的食物就扔進高仕德的碗裡、愛吃又不愛弄髒手的蝦殼也有人主動幫他剝掉、明明應該幫忙抄寫筆記的書僮，卻大剌剌地靠著雇主的肩膀睡了一整節課……

『快跟我說，你喜歡的人到底是誰？』

『不想說。』

『怎麼這樣，你都知道我的祕密了，我也要知道你的。』

『對你，我不想說。』

為何不是「我不想說」，而是「對你，我不想說」？

終於明白兩句話之間為何多出了兩個字，因為那兩個字，是朋友和暗戀的距離。

面對朋友，或許還能用開玩笑的語氣說出自己的祕密。

可是當問出這個問題的人，就是「喜歡的人」時，才會回答那句話……

對你，我不想說。

『你可別因為不敢跟我說實話才否認喔，都什麼年代了，如果你真的喜歡他就勇敢去追，無論你喜歡的人是誰，我和政文都會支持你。』

『聿欣……』

『我們還有事，先走了。』

看著鼓勵自己勇敢追愛的女孩，被努力藏起的祕密彷彿隨時會在下一秒脫口說出——蔣聿欣，我喜歡妳，我喜歡的人一直是妳！

就在情緒即將失控時，始終站在遠處靜靜看著一切的人突然走向自己，摀上他的雙眼，遮住快要潰堤的淚水，用臨時編造的謊言，將他帶離他無法再待下去的地方……

「可惡！」

房間內，周書逸抽出靠在腰後的枕頭扔向牆壁，對著牆壁發洩怒氣。

『周書逸，喜歡你是我的事，跟你沒有關係，之前威脅你的影片我會刪除，謝謝你這段時間的陪伴和友情，從明天開始不用再繼續當我的書僮，還有……忘了我那天說過的話，祝你幸福。』

為什麼要說出這種話？

為什麼要喜歡我？

為什麼變得連朋友都做不成？

「什麼叫做跟我沒關係？你喜歡的人是我，怎麼可能跟我沒關係？」

周書逸越說越氣憤，賭氣地用受傷的右腳踹向旁邊的椅子，卻又因為扭傷的地方被力道拉扯，痛得飆出淚水。

好不容易才跟一個人成為知心朋友，現在卻被突然拋下。

不爽！非常不爽！

就算要拋棄，他也絕不接受自己是被拋棄的一方。

「從小到大，從來沒有人敢先對我說出絕交這兩個字。高仕德，你以為我很稀罕你嗎？偏不！」

火大地把腳踝處的繃帶全部拆掉扔在地上，然後站了起來，紅著眼眶一拐一拐走進浴室，洗去身上的黏膩。

洗去，霸占他所有思緒，讓他沒辦法不去想到的……

高仕德。

＊　＊　＊

學校

「欸我們去吃麻辣鍋好不好？你不是最喜歡吃辣的？我知道有一間店在網路上被推到爆，等會兒直接殺過去吃怎麼樣？」

「嗯。」

「我們很久沒有一起出去了，不然找一天一起去環島？還是去住民宿？看你喜歡去哪我都可以配合。」

走廊上，劉秉偉走在周書逸的右側，不斷提出下課後要去的地方，然而走在左邊的人卻恍神地想著別的事情，根本沒聽見對方說了什麼。

「書逸，其實我想約你去玩，是因為——」

劉秉偉看著周書逸異常的反應，停下腳步擋在他的面前，偷偷揪著牛仔褲的褲管，決定攤牌總是沒機會說出口的那句話。

「高仕德？」

然而在周書逸眼中，卻只看見迎面走來的另一個人。

原本和石哲宇討論上課內容的高仕德，在聽見自己的名字後反射性地抬起頭看向聲音的來源，卻和平時不同，沒有露出笑容走向周書逸，反而移開視線假裝摸了摸口袋，扔下一句「我忘了拿手機」後，便轉過身匆匆離開。

留下滿頭霧水的石哲宇，不爽地瞪了眼站在前方的周書逸，然後追上高仕德的腳步，跟著離開教室外的走廊。

「……」

被拋下的感覺再次湧上胸口，周書逸抓著背包的背帶，掉頭走向相反的方向。

「教室在那邊耶，你要去哪？喂！書逸！喂！」

搞不清楚發生什麼事的劉秉偉，愣在原地喊了幾聲後，也跟著追了過去，放棄剛才想說的話，勾著周書逸的肩膀，把心情不好的人帶去麻辣鍋店大吃一頓。

＊　＊　＊

保健中心

「呃啊啊啊啊——我錯了我錯了——嗚啊——」

殺豬般淒厲的慘叫，從保健中心傳到外面的走廊，每個從走廊經過的人都忍不住打了個冷顫。

裡面，裴守一正在替受傷的學生包紮傷口，卻不像其他醫護人員會動作溫柔地減輕傷患的痛苦，反而酷刑般用力拉緊繃帶，痛得男學生當場哇哇大叫。

「下次再飆車就拆掉你的骨頭，看你還敢不敢這麼沒腦子。知道痛，就該知道什麼叫做身體髮膚受之父母不可毀傷。」

痛到臉色慘白的男生，沒忘記吐槽無良校醫的中文造詣：「是『不敢』毀傷，不是『不可』毀傷，大哥你國文要重修喔。」

裴守一彎起嘴角冷冷一笑，把手指狠狠掐在才剛包紮好的傷口，待宰的小豬再次發出哀號。

「嗚啊！痛痛痛！」

「滾。」

「遵命遵命遵命！」

裴守一鬆開手，一秒鐘前還很嘴賤的男生立刻孬成鳥樣，跟著陪他來處理傷口的朋友一拐一拐衝出比地獄還恐怖的保健中心。

高仕德站在門口看著裡面發生的一切，特地讓出門口的通道，讓不知道是哪個科系的兩人逃離無良校醫。

「裴守一。」

「……」

裴守一抬起頭看向高仕德，背對陽光站在門口的身影像極了記憶中的某個畫面……

曾經也有一個人，總愛端著泡麵站在保健中心的走廊，靜靜看著在裡面忙碌的自己。

「裴、守、一！」

見對方愣愣坐在椅子上毫無反應，已經從門口走到面前的人不得不拉高嗓子，總算把男人飄走的思緒拉回現實。

「嗯？」裴守一看著站在面前的男孩，愣愣回應。

「發呆啊？」

「沒什麼，看你站在門口，讓我想起以前在高中當校醫時遇到的麻煩學生……」裴守一抬頭看了眼臉色不好的人，猜出了原因，說：「怎麼，你跟那小子鬧翻了？」

不然最近總是黏在一塊兒的兩人，怎麼可能各自行動。

高仕德把手插在長褲口袋走向穿著醫師袍的男人，問：「那天為什麼要故意鬧我們？」

為什麼要在那個人面前，揭穿他隱藏的祕密？

「誰叫你們偷吃我的泡麵。」

「泡麵？一碗泡麵有那麼重要？」

「你們什麼都可以吃，就是不能吃泡麵，因為──」裴守一止住差點說出口的答案，拿著資料夾起身走回辦公桌後方，把東西摔在桌上，說：「那是我的。」

「如果你不添亂，至少在畢業前我和他還可以是朋友。」

「我不懂你為何生氣。」男人脫去白袍拉開椅子坐下，直視遷怒自己的男孩，認真地看著他：「把一切都說清楚，別浪費彼此的時間，不好嗎？」

都說感情像火，紙包不住，況且光是這小子看著對方的眼神就足以出賣他的感情，他不過是把包著火苗的那團紙直接燒了，有什麼不對？

「也對，一個連快樂都無法感受的情感障礙患者，怎麼能理解我現在的感受。」

「高仕德！」

裴守一冷著臉，用警告的眼神看著對方，說話的人也察覺自己的口不擇言，愧疚地低下頭，說。

「抱歉……我去上課了……」

然後轉身離開氣氛尷尬的保健中心，往教室的方向走去。

＊　＊　＊

「可惡……」

放置鋼琴的教室內，周書逸用手肘抵在琴臺，看著放在譜架上的手機小聲罵著。

手機螢幕上顯示的是他和高仕德的專屬聊天室，裡面的每一條對話都讓他想起兩個人共同度過的美好時光。

「既然這麼想見高仕德就去找他啊，幹麼逞強？」

已經在門口站了好幾分鐘卻被人當空氣般無視的女孩，主動走到黑色的平臺式鋼琴旁，對著一直盯著螢幕卻不拿起手機打電話或發送訊息的人，問。

周書逸頭抬也不抬地看著手機，說：「如果我主動不就表示我很在意他嗎？很丟臉耶！」

幼稚的答案讓蔣聿欣受不了地翻了個白眼，不客氣地回嗆：「你小孩子喔？鬧什麼彆扭啊！」

「不過話說回來，聿欣妳不覺得奇怪嗎？我跟高仕德明明唸的是不同科系，上課時間和教室地點也不一樣，為什麼他總能找得到我？還經常在我附近晃來晃去？」

有些話他想當面問問高仕德，偏偏對方刻意迴避會和他遇到的地方，害他這幾天跟笨蛋一樣，無論去教室堵人還是去學生餐廳碰運氣，都找不到以前把他煩得要死的人。

蔣聿欣攤開雙手，聳了聳肩膀：「不奇怪呀。」

「為什麼？」

「因為從小到大但凡有你在的地方，只要往附近一看，都能看到他。」

「怎麼可能。」

「你忘啦？小時候玩捉迷藏，每次只要高仕德當鬼，你總是第一個被抓到，因為啊……」女孩笑了笑，用手指輕彈周書逸的鼻子：「無論在哪，他的眼神始終放在你的身上。」

「跟蹤狂。」

因為這句話而迅速漲紅的臉龐，彎起得意的嘴角小聲罵著。

「書逸……」蔣聿欣往琴椅上一坐，面對面看著小了兩歲的童年玩伴，認真地問：「你喜歡高仕德嗎？」

「我──」

我沒有……

本來要說出口的三個字，卻被劇烈鼓動的心跳聲掩蓋。

以前就算方政文或蔣聿欣有事情要忙，忙到一兩個禮拜沒有聯絡，也不曾這樣難受。可是被高仕德刻意躲避的這幾天，無論彈琴的時候、吃飯的時候、游泳社訓練的時候，就連在圖書館，也會不由自主地想到他……

「高仕德」這個名字就像甩不掉的影子，不斷不斷地在腦海浮現，就連抄寫作業的筆記本上，都不受控制地寫下「高仕德，喜歡（大好き）」，然後又緊張地用原子筆把喜歡（大好き）的部分用力劃掉。

蔣聿欣露出溫柔的微笑，像姊姊般摟著弟弟的脖子，說出她的觀察：「雖然不知道你是從什麼時候開始對那個人有了不一樣的感覺，可是身為從小到大一起長大的鐵三角，身為最了解你的人，我很確定一件事，那就是——書逸，你愛上高仕德了。」

看著周書逸的臉龐，女孩繼續說著。

「還記得我們都很喜歡的，麥可菲爾普斯說過的那句話嗎？我希望當自己回顧過去的時候可以說……」

「我希望自己回顧過去的時候可以說，我已經做了所有努力並且我成功了；而不希望回顧過去的時候說，我應該要去做這件或那件事情。」

I want to be able to look back and say, 'I've done everything I can, and I was successful.' I don't want to look back and say I should have done this or that.

被稱為「飛魚」的麥可菲爾普斯，是熱愛游泳的周書逸最崇拜的偶像，這正是那位游泳名將曾經說過一段話。

「所以書逸，既然感情已經在你心中萌芽，要面對還是要逃避都由你決定。身為朋友，我只希望你的選擇不會讓未來的自己後悔。」

「我懂了，聿欣，謝謝妳。」

釋懷且燦爛的笑容，展露在男孩的臉龐。

「謝什麼謝啦，我們可是一輩子的好朋友不是嗎？」

「對，我們是一輩子的好朋友。」

曾經，「朋友」這個選項，讓他痛苦。

曾經，想要卻得不到的感情，讓他嫉妒過自己的好哥兒們。

然而不得不放下的暗戀卻在未來的某一天，變成欣然接受好朋友這個位置。

也接受了，自己愛上另一個男孩的事實。

蔣聿欣眨眨眼睛，用指尖戳著周書逸的臉頰：「如果高仕德不要你的話，歡迎來姊姊懷裡哭泣。」

「妳才會被政文甩掉呢，男人婆。」

男孩在扔下這句話後，立刻從椅子上彈起來往教室門口狂奔。

「周書逸你找死啊！」

「哈哈哈。」

女孩氣得追了上去，追逐打鬧的笑聲迴盪在琴房外的走廊，久久不散。

＊　＊　＊

教學大樓

「高仕德！你是不是喜歡周書逸？」

石哲宇站在教學大樓前的草地上，面對面看著高仕德。自從那天在走廊上和周書逸偶遇後，這個人就變得異常沉默，這讓他非常痛苦，痛苦到必須在今天把該說的話說個清楚。

高仕德看著怒氣沖沖質問自己的朋友，皺起眉頭：「放學把我約來這裡，就是要問這個？」

「回答我的問題，你是不是喜歡周書逸？」

「不干你的事。」

說完這句話後，轉身便要離開。

「高仕德！我喜歡你！」石哲宇抓住高仕德的袖子，一臉豁出去的表情，用力吼出之前不敢告白的話：「我喜歡你，從你轉學過來我們成為朋友後，就很喜歡你。」

「我知道。」

高仕德緩緩抽走被抓在指尖的袖口，沉默片刻後，說。

「你知道？你知道我喜歡你，卻從不拒絕我的靠近？」石哲宇詫異地看著對方，眼眶裡泛著自嘲的淚水：「高仕德，看我這樣傻傻地繞著你轉，很有趣是嗎？」

「我把你當作我最好的朋友。」

「但我不是！」

淚水在眼眶中打轉，卻倔強地不肯落下。

「哲宇，不要把自己的感情強加在別人身上，感情不是你付出就會得到回報。」

這句話，不僅說給對方聽，也說給自己聽。

雖然察覺石哲宇對自己的在意卻沒有說破，始終保持朋友之間的距離，就是不想給他太多期待。

「如果你早點告訴我你已經知道，我就……」才剛脫口說出的話，就被自己打斷。

就不會陷得那麼深？

還是就不會繼續喜歡高仕德？

不，就算被拒絕，也許痛哭、也許難過，可是曾經存在的那份喜歡，不會改變。

高仕德說得沒錯，真正喜歡一個人就不該把自己的想法強迫地加在對方身上，感情也不是數學習題，套用公式就能得到解答。

「哲宇，如果我的行為讓你誤會，我很抱歉。你的感情我無法回應，可是我真的把你當作無話不談的朋友，希望以後我們也還是朋友。」

走廊的轉角處，周書逸看著轉身離去的高仕德，和依然站在教室外的石哲宇，默默收回本想跨出的腳步，繼續躲在轉角的陰影處。

『我沒想過喜歡男生。』

『我知道。』

即使在確定自己的情感後，這句話依舊不變，他並不想和男生談戀愛，除了高仕德以外。

他，是特別的。

無關性別、無關年紀、無關任何外在條件，就只是被這樣的高仕德吸引。

『忘了我那天說過的話，祝你幸福。』

不想看到那個人露出難過的表情，因為這樣會讓自己更加難受。

想讓他得到幸福，得到——被喜歡的人喜歡上的幸福。

「高仕德，我想成為你的『幸福』。」

周書逸喃喃說出這句話，然後挺起胸膛踏出走廊的轉角處，避開依舊站在教室外的石哲宇，隔著一段距離跟在高仕德的後方。

＊　＊　＊

西門町

入夜後逐漸亮起的霓虹燈，取代白天的日光負起照亮城市的任務。

這裡始終是臺北市最潮的流行指標，有不少名人就是在這裡接下星探的名片，然後搖身一變，成為紅透華語圈的閃亮巨星。

高仕德獨自走在西門町的天橋，低頭看著橋底下川流不息的車輛。

嗡嗡嗡！

放在牛仔褲口袋的手機發出接收訊息的震動，於是拿出手機看著剛剛收到的訊息。

——你在哪？我有話想跟你說。

手指猶豫著該不該點開訊息，回覆對方的詢問，最後按下側邊的按鍵，保持尚未讀取的狀況。握著變成黑屏的手機垂放在身側，繼續低著頭往天橋的另一端走去。

「為什麼不回覆訊息？高仕德，你還真的在躲我。」

不悅的口氣從後方傳來，走在天橋上的人詫異地停下腳步，轉身看著站在前面的某個人。

從石哲宇在教室外對這個人告白，他就一直跟在這個人的後面，本想假裝在收到訊息「知道」對方在哪裡後，才「剛好」出現在同一個地方，沒想到傳出的訊息卻始終停留在不讀不回的狀態，於是快步走到高仕德的面前，不爽地說。

「跟班遊戲玩膩了，就把我甩在一邊了是嗎？」

「影片我刪掉了，不信的話可以拿去確認。」

以為周書逸的目的是要確認自己是否還留著用來威脅的影片，於是伸出右手把手機遞給對方，然而才剛伸出去的手卻被用力拍開。

「你用影片威脅我，是擔心我陷在失戀的情緒中，對嗎？說只要我能贏過你就解除書僮的約定，也是為了轉移我的注意，對嗎？」

面對揭開事實的質問，高仕德心虛地移開視線，看著天橋底下的車潮。

「別把我想得太好，我只不過想藉機會跟你成為朋友，然後……更靠近你。」

這樣至少在大學畢業前，在和母親離開臺灣前往美國前，能以朋友的身分替這段感情畫下句號。

「你說的幸運還是我的嗎？」

「什麼？」

高仕德轉頭看向站在前方的人，被突如其來的這句話弄得一頭霧水。

「那天在保健中心，我說被你喜歡是那個人的幸運。後來你以為我睡著，在我耳邊說，其實那個幸運一直都屬於我。」

『昨天說喜歡你，並不是開玩笑；那天說會趁虛而入，也是真的；你說能被我暗戀的那個人很幸運，可惜你永遠不會知道，那個幸運……一直都屬於你。』

周書逸快步走向高仕德，揪著他的衣領，把人拽到自己面前，認真問著：

「高仕德！被你喜歡的幸運，還是我的嗎？」

「你說……你不會喜歡我……」

說話的聲音透著痛苦，無論怎麼努力都不會被接受的感情，一次次將他敲擊成散落的碎片，不敢去看對方的眼睛，就怕在那個人眼中看見對這份感情的厭惡。

「你以為我喜歡這樣嗎？」

淋浴間內，無論在蓮蓬頭下被水柱沖了多久，都無法沖去紊亂的思緒。

無論做什麼事情都想到這個人、無論在哪裡都追逐著跟他相似的背影，兩人單獨相處的片刻全被深深刻印在腦子裡，不受控制地重複播放……

「因為是你，害我不喜歡……也得喜歡了……」

於是才意識到，在理智承認之前，他早已把某個人放在超越朋友的位置。

高仕德仰起頭閉上雙眼，把手放在對方的肩膀，緩緩地將他推開，往後退了兩步：「如果你說這些話的目的是在拿我開玩笑，很抱歉，我笑不出來。」

「沒有人在跟你開玩笑，我是認真的。」

周書逸拽著高仕德的手臂，再次表白自己的想法，卻被眼前的人慌亂撥開，凝視著他，紅著眼眶說。

「你喜歡的人是蔣聿欣不是嗎？拜託，無論你想用什麼方法整我都可以，唯獨感情這件事情，我玩不起。」

從國中時就發現自己對周書逸的感情和其他朋友不太一樣，起初以為只是想讓曾經忘記他的男孩不會再次將他遺忘。

然而隨著年齡增長，漸漸明白這樣的感覺，是一個男孩子對另一個男孩子的喜歡，是不可能被接受的喜歡。於是選擇將感情藏在心底，只在獨自一個人的時候才偷偷拿出放在衣櫃底部的照片，微笑看著照片上心不甘情不願，卻還是得和他站在頒獎臺上一起合照的周書逸。

「為什麼不相信我。」

看著高仕德泛著淚水的眼睛，覺得自己的胸口好痛、好痛。

因為他的忽視、他的遲鈍、他的每一次厭惡與拒絕，才讓這個人不相信自己已經愛上了他。周書逸握著垂掛在胸口的項鍊用力扯下，無視脖子後面被鍊子劃破的皮膚正滲出紅色的血珠，站在車聲嘈雜的天橋，對著高仕德說。

「是不是要我把這個拿掉，你才會相信，我已經愛上了你？」

然而另一個人卻嘆了口氣，自嘲苦笑……

「拿掉你的幸運物，並不能代表什麼。」

每一次靠近，都讓他燃起或許能改變什麼的希望；然而每一次的希望，都以失望收場。

朋友，是他們最近的距離；更進一步的關係，絕不可能。

看著男人滾落臉頰的淚水，腦子裡突然閃過一個畫面。記憶中的小男孩，有著和高仕德一模一樣的眼神，坐在走廊盡頭處的樓梯，抱著膝蓋悶頭哭泣。

男孩仰著臉，驕傲拒絕自己遞出的手帕，只因為不想被陌生人看見他在哭泣，也不想被陌生人看見他的脆弱……

於是轉過身抓著欄杆，站在橫越馬路上方的天橋橋墩，對著來往的車子、對著所有走在鬧區的路人，嘶吼大喊。

「我！周書逸，喜歡高仕德！最最最最喜歡（だいだいだいだい大好き）！在這個世界上（世界一番で），我最喜歡（大好き）的人就是他！」

然後在高仕德來不及做出任何反應時跳下橋墩，撲到他的身上勾住他的後頸，用力吻上那溫柔又溫暖的嘴唇。

瞬間，彷彿電影中的定格畫面，停留在突破心防的那一秒鐘。

大腦停止了運轉，被動地讓周書逸一遍又一遍地吻著，屬於另一個人的溫度，透過貼合的唇瓣傳向彼此的心口。

高仕德抬起手，輕輕摟在周書逸的背後，閉上眼睛深情回吻暗戀了許多年的人。直到生澀的親吻讓兩個人都快喘不過氣，才捨不得地分開。

周書逸漾著笑容，俏皮地問：「這，是你的初吻嗎？」

「不是。」高仕德看著眼前的人，搖了搖頭。

「那個人是誰？」

濃濃的獨占慾，不自覺地從這句話中透出。

「有一天，我救了個差點把自己溺死的笨蛋，在泳池裡拉扯的時候，意外地吻上了他。」

「那、那個不算，你的初吻必須是我的。」

想起了，在泳池裡的意外之吻，於是紅著臉摟住另一個人的後頸，再次吻上。

＊　＊　＊

喜歡一個人，究竟關誰的事？

誰被掰彎，誰該負責。

因為是你，害我不喜歡，也得喜歡了。

第六章　嘿，我喜歡你

餐酒館

「沒想到下班喝個酒也能被你們堵到。」

「喔嘶。」

裴守一撕開ＯＫ繃，大力拍在周書逸被項鍊劃破皮膚的後頸，受傷的人低著頭叫了聲，立刻引來坐在右側的人心疼地瞪著裴守一，發出警告。

「你輕點！」

「少在我面前放閃。」

男人對著從坐下來後，眼睛就沒從另一個人身上離開過的高仕德，瞇起眼睛回嗆。

被嗆聲的人不但沒有生氣，甚至將左手搭上周書逸的肩膀，得意微笑：

「為你介紹你未來的『家人』，周書逸。」

「家人？」

周書逸疑惑地看著高仕德，後者用眼神瞟向被學生們私下稱作無良校醫的男人，說：「裴守一，我的『表哥』。」

「表哥？那他還說要追你，害我——」

脫口而出的話才說了一半，就被害羞自動消音。

「害你什麼？吃醋？」

忍不住把臉湊到周書逸的耳邊，用低沉的嗓音問著。

「……」

羞惱地移開視線，不敢去看被猜中答案的高仕德。

看著沒說幾句話就陷入兩人世界的男孩們，裴守一露出受不了的表情，一邊收拾從餐廳儲藏室拿來的醫藥箱，一邊埋怨：「嘖，老是照顧你們這些小屁孩真夠累的。好了，別光顧著放閃，今天我請客，想吃什麼就點來吃。吃飽後就快滾，別妨礙我做生意。」

然後拎著醫藥箱起身，往吧檯的方向走去。

周書逸看著男人的背影，好奇問著：「做生意？難道那個無良校醫是這裡的老闆？」

「嗯。」高仕德點點頭，把身體貼近對方。

從前，這樣的距離他可望卻不可得；現在，他卻能很自然地踏進這個人的私人領域。

都說身體的距離代表心的距離，希望有一天，他會是走進這扇心扉、唯一的一個人。

「他怎麼會跑來開餐酒館？」

高仕德把視線從情人的臉上，移向坐在吧檯前正和酒保聊天的裴守一，感嘆地說：「表哥的家庭是所謂的醫生世家，父親是醫生、母親是醫院院長，從小就接受菁英教育。除了成績以外，他的父母根本不關心這個兒子，彷彿生下他只是因為必須有人繼承家業。

「所以在取得醫師執照後，表哥就和家人斷絕往來，跑去當高中校醫，後來又因為一些事情所以轉來我們學校。」

小時候，羨慕過裴守一的優秀，可是後來，卻心疼這樣的表哥。

冷漠的家庭、高壓的教育方式、用成績決定孩子是否有價值的想法，將優秀的表哥一步步逼向封閉內心的牆角，直到長年歪斜的天秤走向斷裂的結局。

『仕德，我感受不到快樂。』

原以為只是心情不好的表達，直到被診斷出罹患「情緒障礙症」，才終於明白，為什麼當他說自己很開心、很沮喪、很害羞、很恐懼的時候，表哥總會認真地看著他，反覆問著。

『為什麼？』

仕德，為什麼開心？

仕德，為什麼沮喪？

為什麼害羞？

為什麼恐懼？

為什麼？為什麼？為什麼？為什麼……

因為在裴守一的世界，一切的情感全被絕緣，絕緣在他的世界之外，絕緣得讓他感受不到。

所以透過唯一會接近自己的小表弟，透過唯一會不厭其煩回答他的問題的小表弟，掙扎理解人類該有的情感，掙扎地，想成為一個不會被當作異類排斥的——正常人。

「原來是這樣……」周書逸點了點頭，看向裴守一的目光多了些理解，也多了些和高仕德一樣的感嘆：「看來他也沒那麼無良。」

「你和表哥，都是我珍惜的家人。」

快速地在情人的臉頰上親了一口，然後微笑。

「你……」

捂著被偷襲的右頰，臉紅瞪著坐在旁邊的人。

「害羞啦？不然你也親我一下，這樣就扯平了。」

「誰跟你扯平，都是我吃虧好嗎？」

「不然……」

高仕德表情嚴肅地考慮了兩秒鐘，然後……

啵！

成功偷襲到第二個吻，然後彎起嘴角得意洋洋地說。

「我負責吃虧，你坐著別動就好。」

「高、仕、德！」

周書逸的臉頰瞬間燙紅，壓低聲音磨著牙，羞恥喊著情人的名字。

吧檯區，裴守一把醫藥箱放在桌面，跟酒保點了杯酒：「老樣子。」

年輕的酒保笑了笑，抬頭瞧了眼正在角落大放閃光彈的小情侶，對著吧檯前的大叔取笑：「怎樣，看別人終成眷屬，是不是覺得自己有種孤單老人的感覺啊？」

裴守一沒有回答，只是接過對方遞來的酒杯，灌下十五度的酒精。

「真好，我也好想談戀愛。」酒吧羨慕地皺了皺鼻子，給自己一杯龍舌蘭的one shot（註2）。

註2　One shot，量酒的單位，也指單一杯的烈酒，通常為一至二盎司。

＊　＊　＊

學校中庭

「他們兩個什麼時候湊到一塊兒的？」

蔣聿欣歪著頭，看著在中庭內互相餵食的劉秉偉和石哲宇，問著站在旁邊的兩人。

周書逸聳聳肩膀，同樣納悶：「難怪秉偉最近都很少跑來我們系上添亂。」

明明是法律系四年級的學生，卻老是跑來他們的教室亂晃，好幾次都被財金系的大一新生誤以為是系上的學長。

方政文接著死黨的話，吐槽：「他會來亂還不是因為你。」

「我？」

「你不會沒發現吧！他對你——」

才說了一半，就看見站在周書逸背後的高仕德豎起食指搖頭阻止，於是換了話題改口說道。

「因為你是游泳社的主將，所以劉秉偉才經常跑來找你參加社團活動什麼的。那個……聿欣我好餓，我們快去餐廳買吃的。」

方政文扔下這句話後，立刻伸手搭上女朋友的肩膀，和蔣聿欣一起走進學生餐廳。

「什麼跟什麼啊？你有聽懂他在說什麼嗎？」

周書逸被哥兒們的回答弄得一頭霧水，回頭對著站在旁邊的高仕德問，後者搖搖頭，給了個人畜無害的笑容。

用餐區內——

「高仕德，你這樣會把他寵壞。」

女孩單手托著下巴，看著從坐下來後就忙個不停的人，忍不住出聲制止。

「會嗎？」

「剝蝦、挑菜、點飲料，你要不要乾脆餵他吃飯算了。」

蔣聿欣翻了個白眼，指著高仕德的鼻子說，然後轉過頭，瞪向毫無情趣的男朋友，質問。

「為什麼我沒有這種福利？」

「妳有妳有，來，啊！」

被指名道姓的人立刻剝了隻蝦子準備放到女朋友的嘴巴，只不過蝦子在蔣聿欣面前晃了一圈後，就被塞進自己的嘴裡。

「方政文！」

女孩氣呼呼地拍打男朋友的手臂，撒嬌的模樣讓方政文忍不住笑了出來。鬧過一輪後，蔣聿欣放下筷子，握住高仕德的手，鄭重地看著對方。

「我們家書逸就交給你了。」

方政文也收起打鬧的表情，接著蔣聿欣沒說完的話，說：「書逸的脾氣來得快去得也快，如果你們起爭執或是他在鬧情緒的時候就讓他一下，別放在心上。這傢伙嘴巴雖壞，可是對於他在乎的人卻非常珍惜。」

「放心吧，能夠照顧他的資格我等了十一年，保證會對他很好。」

看著高仕德眉眼中的笑容，周書逸不爽地瞪著一起長大的鐵三角。

「等一下(ちょっと待って)！你們什麼態度啊？我有那麼難搞嗎？」

蔣聿欣用手指著坐在對面的人，表情誇張地說：「周大爺，你不會現在才知道吧？我會跟政文談戀愛都是因為你好不好。」

「為什麼？」

「要不是你超級難搞又愛發脾氣，我們不但要替你擦屁股還要想著怎麼哄你開心，所以才經常在一起商量你的事情，然後就……就……」

方政文看著坐在左邊的女孩，替她說出因為害羞而不好意思說出的話：「就日久生情了。」

周書逸攤開掌心，痞痞地說：「靠！那還不給我這個媒人包個大紅包？沒有我，你們也不可能成為情侶。」

「想得美！要給也是你給我跟政文。」蔣聿欣拿起筷子敲在朝上攤開的手心，不客氣地說：「也不想想這些年來我們替你擺平了多少爛攤子。」

「好好好，等你們孩子滿月時，乾爹我一定包個無敵大的紅包給我的乾兒子或乾女兒。」

周書逸收回被敲疼的手，把屁股底下的椅子往後挪動，等說完最後一個字後立刻站了起來轉身逃跑。

「周、書、逸！」

愣了幾秒鐘後才發現自己被占了便宜的人，拍著桌子，起身追上一邊跑還一邊回頭做著鬼臉的男孩。

＊　＊　＊

周家

『明天週六，要不要一起去圖書館準備畢業考？』

周書逸靠坐在玻璃窗前，跟方政文通著視訊電話：「我明天要去高仕德他家唸書。」

落地窗外，是夜幕降臨後的璀璨夜景，隔音極好的玻璃隔絕外面的喇叭聲和其他聲音，讓室內顯得十分安靜。

方政文還來不及開口，一張清秀的臉蛋就突然閃進視訊中的手機畫面，用充滿懷疑的口吻，一字一頓地問。

『確、定、是、唸、書、嗎？』

擴音器傳來女孩咯咯取笑的聲音，周書逸露出受不了的表情，對著螢幕上的女孩翻了個超大的白眼。

「蔣聿欣妳很糟糕耶！笑得什麼聲音啊妳。」

『記得準備決戰內褲，以備不時之需。』

『書逸你別理她，好好準備畢業考，可別輸給高仕德。』

方政文挪開被蔣聿欣霸占畫面的手機，鼓勵同在畢業考中努力K書的戰友。

「當然，交往歸交往，PK是PK，這次我一定會贏過他的，好了先這樣，BYE。」

笑著按下結束通話的按鍵，看著變成黑屏的手機，納悶地喃喃自語。

「決戰內褲？什麼鬼啊？」

於是放下手機走到電腦桌前，在搜尋欄位打上「決戰內褲」四個字，然後對著顯示出上萬條的搜尋結果的螢幕，對著各種形式、顏色，甚至短到不能再短的小褲褲，和上萬張男性模特兒的「某個部位」，發呆。

＊　＊　＊

高家

午後的陽光透過窗戶篩入安靜的空間，翻動書頁的沙沙聲是屋內唯一的聲音，兩人盤腿坐在靠近窗臺的地板，各自看著課本上的考試範圍。

指尖轉動著標示重點的原子筆，眼角餘光時不時地偷看正在專心唸書的另一個人。第一次這麼近地看著對方的臉龐，終於明白為什麼情人節時，這個人收到的巧克力總是比自己多出好幾倍。

「你分心了。」

低頭抄寫筆記的人突然打破寧靜，開口說話。

周書逸把手環抱在胸前，不服氣地問：「為什麼你可以這麼冷靜？」

可惡！

難道就只有他心跳加速，根本無法集中精神嗎？

「什麼意思？」

「跟我來。」

周書逸抓著課堂筆記起身，抽走高仕德手上的課本，把一頭霧水的人從地板上拽了起來，直到拽至擺在客廳的沙發，才把課本還給對方。

「坐下，別動。」

「好。」

雖然不明白對方要做什麼，卻不討厭被他命令，於是笑了笑，坐在皮革製的沙發，看著情人把靠枕扔給自己後放平身體仰躺在沙發，然後伸直雙腿，舒服地枕在他的腿上。

「書逸？」

周書逸舉起筆記，隨便翻開了一頁後，說：「這樣躺著我才能專心看書。」

「拿反了。」

用指尖敲了敲情人手裡的筆記，微笑提醒，枕在腿上的人卻露出委屈的表情。

「和喜歡的人在一起，你都不緊張嗎？」

高仕德彎著眉眼把課本放在一旁，握住對方的手，讓他感受掌心上因為緊張而浮出的冷汗，回答：「很緊張。」

「原來你也會緊張啊！」

周書逸感受著冰涼的手指，會心一笑。

「這是你第一次來我家，而且我們從沒像現在這樣……這麼靠近……」

和在頒獎臺上自信爆棚的那個人不同，眼前的高仕德有著他不曾見過的慌亂，就連說話的聲音也有明顯的顫抖。

「我以前……是不是對你很不好？」

壓低的聲音愧疚問著，然而回答他的卻是意料之外的答案。

「沒差，我對你也不是很好，扯平。」

「有嗎？你有對我不好？我怎麼沒印象？」

「我對你非常不好，因為……」高仕德壞壞地勾起嘴角，微笑：「自從認識我以後，你就是永遠的——第、二、名！」

「靠！這次畢業考絕對贏你。」

被踩到痛處的人當場炸毛，從沙發上彈了起來，轉身將拳頭揍向對方的胸口，撂下狠話。

「抱歉，這個願望你還是放棄比較好。」高仕德捉住揮拳攻擊的手腕，低頭親吻情人的指尖，認真地說：「因為我有不能輸的理由。」

「什麼理由？」

「只有一直贏你，你的眼睛裡，才會有我的存在。」

『你就是高仕德？』

『對。』

『可惡！我記住你了！』

小學五年級的他，站在公布名次的排行榜前，明白了一件事情。

只有霸占榜單上第一名的位置，才會被第二名的「周書逸」看見他的存在。

所以他，非贏不可。

聽見高仕德的「理由」後，周書逸忍不住露出驕傲的笑容，被這麼優秀的人喜歡，是值得他一輩子收藏的勳章。

不是有一句話嗎？先愛上的人就輸了。

所以，高仕德，在愛情的世界裡，我贏你了。

「原來你這麼喜歡我呀！」

「喜歡……喜歡到，不知道該怎麼表達的喜歡。」

牽起周書逸鬆開拳頭的手指，臉頰泛紅地重複著他的告白；重複著，曾經在心中排練過無數次的告白。

「書逸，你說，你最討厭被人壓在下面。」

低沉的嗓音透著曖昧的氣音，溫熱的嘴脣貼著周書逸的耳廓，輕輕說著。

「我、我有說、說過嗎？」

迅速升高的體溫燙紅了他的臉頰，卻不想推開越來越靠近的那個人。

「所以能不能允許我，把你……壓、在、下、面！」

高仕德摟著情人的後背，將身體貼上他的胸膛，緩緩倒向柔軟的沙發。就在快要吻上的前一刻，上鎖的鐵門被人打開，傳來驚喜的呼喚。

「兒子！你娘回來囉！」

「——」

險些擦槍走火的兩個年輕人立刻分開緊貼的身體，從沙發上彈了起來，慌亂拉扯被壓出皺褶的衣服。高仕德撿起已經掉在地板上的課本，翻開夾著書籤的那頁，假裝自己正在唸書。

「媽！妳、妳回來啦！」

高仕德看著站在門口的女性，明知故問地說著，臉頰和耳朵都還留著來不及褪去的紅暈。

「阿……阿姨好……我、我是周書逸，是高仕德的……朋、朋友。」

周書逸同樣慌亂，卻還是有禮貌地對初次見面的長輩鞠躬問好。

穿著俐落套裝的女性，早在推開門的那一刻就看見了剛才發生的事情，忍不住彎起嘴角，憋著笑意自我介紹：「你好，我是仕德的媽媽，難得家裡有客人，晚上就留下來吃飯吧，仕德的『朋友』。」

「謝、謝謝阿姨。」

高媽媽剛踏出兩步，突然回頭對初次見面的男孩眨眨眼睛，俏皮地說：「怎樣，阿姨家的沙發彈力不錯吧！」

然後甩著手指上的鑰匙，開心地走進廚房，準備晚餐的食材。

「……」

男孩已經泛紅的臉頰，因為這句話，紅得更加徹底。

＊　＊　＊

餐桌上，擺著五菜一湯的家常料理。

「書逸，來，嘗嘗阿姨的手藝。」

高媽媽拿起筷子，把糖醋排骨挾到周書逸的碗裡。捧著飯碗的人卻看著飄著熱氣的排骨，發呆。

「怎麼了？你不喜歡糖醋排骨嗎？」

「不，我很喜歡，只是看見阿姨就想起我的媽媽，小的時候，她也會像這樣幫我挾菜……」

高媽媽看著兒子，高仕德則用嘴型回答「他媽媽過世了」。她理解地點點頭，挾起另一道菜放進男孩的碗中。

「那你就更別跟阿姨客氣，吃吧！」

「謝謝阿姨。」周書逸露出笑容，大口大口扒著香噴噴的米飯，稱讚：「阿姨做的菜超好吃的。」

「那就多吃點，看你這麼瘦，可別被仕德欺負了。」

高仕德停下筷子，假裝吃醋抗議：「媽，他才第一次來我們家妳就偏心成這個樣子，到底誰才是妳的親生兒子？」

「沒辦法，誰叫小逸長得那麼可愛。」高媽媽聳了聳肩膀，不客氣地吐槽自家兒子，然後轉頭看著周書逸，笑笑地問：「我可以這這樣叫你吧？」

「當然可以。」

剛才還擔心高仕德的媽媽會不會討厭自己，沒想到阿姨既幽默又好相處，完全沒有面對長輩時的緊張感，於是說起話時也輕鬆許多。

「小、逸？」高仕德瞪大眼睛，對著情人重複老媽的話：「你讓她喊你小逸？」

如果說剛才的反應是裝出來的，那麼在聽見這個暱稱後可就真的踹翻醋罈子了。周書逸最討厭被取綽號，連他都只能喊情人的名字「書逸」，沒想到老媽從進門到現在，只花了不到半個鐘頭的時間就享有稱呼暱稱的特權。

「閉嘴，只有阿姨可以這樣喊我，你不准。」

高媽媽跟周書逸互換了個眼神，對著兒子得意挑眉：「聽到沒有，我可以，你不准。」

「你們自己吃吧，我飽了。」

踢翻醋桶的人放下碗筷把手抱在胸前，氣呼呼地說。

「怎樣啦？」

同桌的另外兩人異口同聲地反問，高媽媽更是逮到機會就要氣一氣自己的兒子，故意湊向周書逸，寵溺地捏著男孩的左邊臉頰。

「嘖，小氣鬼！我們自己吃飯別理他，阿姨最喜歡小逸了，小逸super可愛い。」

「我也最喜歡阿姨。」

「……」

高仕德黑著臉，看著聯手欺負自己的情人和老媽。

「好啦好啦，別賭氣不吃飯了，來，也給你挾菜，免得你說為娘偏心。」

高媽媽憋著笑，挾起一塊糖醋排骨放到兒子的碗裡，然後挾起醋溜蓮藕，放在男孩的白飯上，疼惜看著從小就沒有了媽媽的孩子。

「小逸，多吃點，吃完後還有水果。喔對，昨天我還買了蛋糕，晚飯後一起吃吧！」

「太棒了，謝謝阿姨。」

＊＊＊

吃完飯後，周書逸主動說要幫忙洗碗，然而他口中的「洗碗」，卻只是把油膩的碗盤放進充滿白色泡沫的水槽「涮」了兩秒鐘後就撈起來，放在旁邊瀝水。

「你這樣是……洗碗？」

原本在擦拭餐桌的人見了這個情況，趕緊跑去廚房，搶走根本沒洗過的碗盤放回水槽，傻眼地問。

「對啊，不然呢？」

肇事者無辜的表情讓高仕德臉色一黑，心想這個人不愧是誠逸集團的貴公子，一看就知道他從來沒做過家事，說要幫忙也只是出於禮貌，卻根本毫無頭緒。

「來，我教你。」

寵溺地笑了笑，拿起菜瓜布和等待清洗的餐具，一個步驟一個步驟教導情人正確的洗碗方式。在白色泡沫下輕輕碰觸的手指，讓兩個人的臉上始終流露藏不住的笑容，也讓切好水果坐在客廳的高媽媽，欣慰地看著那幅幸福而美好的畫面。

「阿姨，碗洗好了。」

「媽，餐桌收拾乾淨了。」

做完家事的兩人走進客廳，對坐在沙發上的高媽媽回報。一家之主拍拍右側的沙發，招呼男孩坐在自己旁邊，然後用叉子叉起切好的水果遞給對方。

「小逸辛苦了，來吃水果。」

「謝謝阿姨。」

「那我呢？」

「不會去拿椅子喔。」左手指著餐廳，說。

「……」

再次被老媽無視的人，認命地坐在客廳的地板，自力救濟地給自己叉了片剛切好的水梨放進嘴巴。

高媽媽彎起嘴角，看著始終挺直腰桿坐在旁邊的男孩，拍拍他的肩膀說：

「小逸，雖然很謝謝你，可是你真的不需要討好我。」

「我是真的想幫忙，只是……」

只是從沒做過家務事的他，似乎總是添亂的份兒。

「我真的很高興仕德喜歡的人，是你這麼乖巧又體貼的孩子。」

「……」

周書逸轉頭看著坐在地上的人，以為是他多嘴亂說話才被阿姨發現他們真正的關係，卻看見高仕德無辜地搖了搖頭，表示自己從沒透露過半個字，他也訝異老媽居然知道自己喜歡的人是誰。

「以為我沒發現啊？我可是你媽耶！」高媽媽斜了兒子一眼，看著周書逸笑笑地說：「這小子自從小學五年級認識你之後就吵著要我幫他轉學。一開始我也不懂他為什麼提出這種要求，直到後來無論國中、高中都要唸某個特定學校，大學也是，非跟某人考進同一所學校不可，我才知道原來都是為了你。不只這樣，小逸你是不是對這小子說過要當他的爸爸？」

「對。」

周書逸憋著笑，想起他們第一次見面的對話。

「你看看你看看，人家小逸只是很好心地要當你的爸爸，結果你把人家當老婆在追，一追就追了十幾年。」

「媽！」

高仕德大喊一聲，就怕老媽繼續爆料。

「好好好，我不說我不說，省得有人惱羞成怒生我的氣。」

「那……妳會在意我跟仕德……在一起嗎？」

微微顫抖的語氣，小心翼翼問著他害怕面對的問題。

「我當然在意。」

嚴肅的口吻，讓客廳裡的另外兩人當場愣住，然而高媽媽卻在這句話後語調一轉，繼續說著。

「我在意你們是不是真的開心、我在意你們有沒有好好照顧彼此，更在意，你們有沒有堅強守護這份情感的決心。喜歡一個人是一件非常美好的事情，然而世俗的眼光卻總要在這份美好貼上貶抑的標籤，就像見不得別人好的小氣鬼。

「只要你們是真心相愛，就不要理會別人怎麼想。小逸，我是仕德的媽媽，也是你的媽媽，無論你們在外面受了什麼傷，在我面前都不需要隱藏。做老媽的就是要捍衛自己的兒子，捍衛到底。」

「阿姨……」

看著溫柔卻強大的母親，淚水瞬間奪眶湧出。

「還喊阿姨啊？再不改口，下次不做好吃的給你吃。」

「媽……媽媽……」

紅著臉，小聲喊著陌生多年的兩個字。

「小逸真乖。」

高媽媽張開手臂，緊緊抱住讓人心疼的孩子。

坐在地板上看著這一切的人，也側過頭，偷偷擦拭感動的眼淚。

結束聊天後，高仕德撐著傘把情人送到住家附近的公園，一輛黑色的私家轎車早已停靠在馬路旁，等著周家的小少爺。

周書逸站在人行道上，看向撐著雨傘的人，說：「你有一個好媽媽。」

「也是你的媽媽。」高仕德走到車子旁，一手撐著傘一手拉開右後方的車門，提醒：「到家後跟我說，別讓我擔心。」

「好。」周書逸點點頭，彎腰坐進轎車的後座。

雖然雨是冷的，氣溫是冷的，可是被關心的話與溫暖的心口，是熱的。

「忘了跟你說，我爸在屏東買了度假小屋，你七月什麼時候有空？我們過去玩個幾天。」

關上車門的人突然降下車窗，對著站在人行道上的高仕德提出一起出遊的邀請。然而聽到邀請的人卻在瞬間僵硬了表情，沉溺在幸福中的他忘了告訴對方，自己即將在畢業後和母親一起前往美國。

「書……」

「超冷的，你快點回家吧，明天學校見，再見（じゃあね）。」

剛想開口解釋就被情人打斷想說的話，發動引擎的車子快速駛離停靠的路邊，奔馳在下著細雨的夜晚。

＊　＊　＊

校園內

下課鐘聲一響，周書逸立刻抓起書包衝出教室，跑去資工系堵人。

沒想到在資工系找不到人，在保健中心也找不到，只好發送訊息詢問高仕德他在哪裡，然後在校園裡面亂晃，看看能不能遇到對方。

「我沒想到交往後他完全變了一個人，他真的好可愛。」

樹蔭下的木頭桌椅旁，高仕德帶著微笑越說越甜蜜，然後被穿著白袍的校醫狠狠瞪著。

「閃夠了沒？再說下去我就走人。」

裴守一吐出煙圈捻熄菸頭，不客氣地說。炫耀的人只好咳嗽幾聲，趕緊換了別的話題。

「他約我去旅行的時候我真的很訝異，看他期待的樣子，畢業後要去美國的事情，我就說不出口了。」

「你要去美國？」

錯愕的聲音，插進正在對話的兩個人。

大老遠就看見裴守一和高仕德的人，原本打算慢慢靠近後，跳出來嚇他們一跳，沒想到卻聽見讓自己意外的消息。

「去美國的事情為什麼不跟我說？就算要談遠距離戀愛也該問我同不同意吧？高仕德，你到底有沒有尊重我？」

「書逸，你聽我說。」

高仕德起身，握住周書逸的手臂，安撫有些生氣的情人。

坐在旁邊的裴守一拍去落在木桌上的煙灰站了起來，拍了拍高仕德的肩膀，說：「從美國回來的時候記得幫我帶條菸，牌子你知道的。」

然後離開樹下，把空間留給需要好好談談的兩人。

「為什麼去美國？」

「我媽再婚，對象是美國人，所以結婚之後也會住在美國。跟著過去除了參加婚禮，也想看看她跟繼父，還有繼父的孩子能不能融洽相處，畢竟再過不久就是一家人。」

「原來如此。」

併肩走在校園的林蔭大道上，原本還以為高仕德有事情瞞著自己，沒想到卻聽見阿姨，喔不，是高媽媽的喜訊。

「還有問題嗎？」

高仕德笑了笑，拉近彼此之間的距離，看著因為誤解而尷尬變紅的臉龐。

「要去多久？」

「大概幾個月，你不會連跟我分開幾個月都捨不得吧？」

「滾開啦！」

推開和自己貼得太近的男人，卻被對方握住右手，雙雙停下腳步，然後貼著他的耳朵，壓低聲音說。

「晚上來我家。」

「不要。」

還以為高仕德在說色色的事情，於是紅著臉快速拒絕。

「別想歪了，是我媽想趁出國前跟你培養感情。」

「可惡！幹麼不說清楚。」

在對方的胸口處搥了一拳，羞惱地說。

「答案呢？」

「好。」

高仕德轉頭看了看四周，確定不會被其他人注意到之後，把臉快速湊到情人的面前，在他的嘴巴上親了一口後快速撤退。

「我先去上課了，記得放學後學校側門見。」

偷襲成功的人背起背包，扔下這句話後，立刻往教室的方向狂奔。

「高仕德！你這個可惡的傢伙！」

呆滯幾秒鐘後才反應過來的人，摸著被偷襲的嘴唇，耳朵漲紅地對著另一個人離去的方向破口大罵。

＊　＊　＊

美術館

「這樣啊，就那樣報告吧，麻煩你了。」

西裝筆挺的中年男性坐在一幅畫作前，和手機另一頭的人通著電話，然後在結束通話後，對著站在旁邊的司機詢問。

「餐廳訂好了嗎？待會我要跟書逸一起吃飯，你記得通知他。」

「老爺，少爺說他今晚要去同學家住。」

「是嗎？我怎麼不知道。」

「少爺最近好像談戀愛了，只不過……」司機看了看老闆的臉色，欲言又止。

「只不過什麼？」

「只不過對方是……」

猶豫片刻後，司機還是盡職地彎著腰，小聲地跟老闆回報少爺最近的狀況。

男人用不敢置信的表情看著司機，司機則點點頭，表示自己很肯定剛才說出的答案。

「……」

男人轉過頭，看著牆壁上的畫作，陷入沉思……

＊　＊　＊

夜幕下，周書逸和高仕德並肩坐在公園的樓梯上，喝著啤酒看著夜景。

「阿姨做的東西真好吃。」

打了個飽嗝，摸著才吃完一頓豐盛料理的肚子，卻立刻被坐在旁邊的人糾正。

「再不改口我就去跟老媽告狀，看你來美國找我的時候還有沒有美食可吃。」

「喂！你也太過分了吧！」

「改不改口？」

「好啦，我改我改。」周書逸撇撇嘴，把剛才的話重新再說一次：「高媽媽做的東西最好吃了。」

「這還差不多。」

「呿。」瞪了眼狐假虎威的壞蛋，仰著頭又灌了口啤酒，張開手臂，看著頭頂上的天空：「這裡真的好舒服。」

「把手給我。」

「做什麼？」

周書逸歪著頭，看向正在腳邊的背包裡翻找東西的情人。

「我和老媽逛街的時候看到的，覺得很適合你。」

高仕德握著周書逸的手臂，把皮製的手鍊圈在對方的右手手腕，然後用磁扣固定，接著拿出另一條相同款式的手鍊，纏繞在自己的右手。

「以後都不准拿下來。」

「連洗澡也不行？」眨眨眼睛，俏皮反問。

「好吧，洗澡例外，但以後只能戴我送的，別人送的都不行。」

「為什麼？」

「因為你的過去，我來不及參與……」

手指勾起情人戴在脖子的項鍊，那條蔣聿欣送給他的項鍊，右手緊緊握住對方繫著相同手鍊的右手，用身為日裔的他最熟悉的語言，再次告白。

「但是，你的未來，只能有我。」

然後把情人扯向自己，吻上被微風吹拂得有些冰涼的嘴唇……

過去，只能隔著遙遠的距離，默默關注讓他心動的人。

現在，那個人就在面前，感受著他的呼吸、感受著他的心跳，感受著同樣深愛著自己的心跳。

＊　＊　＊

幾天後

高仕德打開計程車的後車箱，把行李逐一放進車子。門口處，高媽媽抱著已經被她認定是另一個兒子的周書逸，捨不得地道別。

「真想把你也帶走。」

周書逸用力抱著即將搭飛機前往美國的長輩，同樣不捨：「高媽媽，如果有需要什麼東西就跟我說，我寄給妳。」

「還是小逸貼心。」高媽媽鬆開摟在男孩後頸處的手臂，瞪著走到他們旁邊的高仕德：「笨兒子，你學著點。」

「他是對妳才這樣，對別人就──噢！」

話還沒說完，就被情人當胸拍了一掌，用眼神警告。

「好了，我們要走了，我會盡快把他還給你，讓你一輩子也離不開他。」

「高媽媽。」周書逸哭笑不得地喊了聲。

自從跟高媽媽聊起以前的事情後，無意中脫口說出的這四個字，就變成高媽媽最愛拿來調侃自家兒子的一句話。

高仕德看著已經坐上計程車的老媽，對站在旁邊的情人抗議：「真搞不懂我媽為什麼這麼喜歡你，比對我這個親生兒子還好。」

「誰叫我人見人愛。」

臭屁抬頭，回嗆那讓自己又愛又氣的男人。

「以後除了我媽，你只准被我喜歡。」

「你！」臉頰，被瞬間燙紅。

犯規犯規！

怎麼可以在鬥嘴中突然冒出這種甜死人的情話，害他當場語塞。

「等我。」

高仕德看著好不容易才確認關係的情人，眼神中盡是不捨。周書逸皺了皺鼻子主動張開雙臂抱住對方，點頭回答。

「嗯，保持聯絡，一路順風。」

載著行李和客人的計程車，逐漸消失在視線的前方，周書逸卻仍站在原來的地方，不斷地揮著手，目送他珍惜的兩個人。

＊　＊　＊

飛機上

『雖然我超討厭用 Email，但還是特別申請了一個專屬於你的帳號，就看你夠不夠聰明，能不能看懂其中的涵義。』

即將啟程的班機上，高仕德看著手機上的留言，和留言下方挑釁意味濃厚的貼圖，Abruti87887278@gmail.com，是周書逸幫他申請的專屬帳號。

「傻兒子，被罵了還這麼開心啊？」

高媽媽把臉湊到右邊，看著手機螢幕上的訊息，忍不住嘆氣。

「什麼？」

「Abruti 這個字，在法文裡是『笨蛋』的意思。」高媽媽指著留言內的信箱帳號，取笑：「戀愛中的人，果然病得不輕啊！」

「原來是這個意思。」

勾起嘴角，瞬間解開帳號代表的密語。

「怎麼說？」

高仕德指著簡訊上的數字和英文，跟老媽解釋：「Abruti 代表『笨蛋』，87887278 如果對照字母列表會得出四個英文字母，WXHN，再把這四個字母翻成漢語拼音，就是『我喜歡你』，所以 Abruti87887278 整句話的意思就是——笨蛋，我喜歡你。」

高媽媽聽完後，露出一副被甜到快膩死的表情，笑著說：「也太浪漫了吧，你們文青都這麼談戀愛的啊？腦袋不錯喔！」

「當然，是妳生的。」

「這倒是真的。」

母子兩人的臉上，露出一模一樣的臭屁表情。

「既然喜歡就好好珍惜，不准欺負他。」

「知道啦，媽。」

高媽媽抬起下巴，霸氣護短：「小逸是我罩的，敢對不起他你就死定了。」

「那我呢？」

「你？」高媽媽移開視線，拿出前方椅背上的商品型錄，懶得理會吃醋的兒子：「你自己照顧自己啦！」

恰好經過通道的空服員看見客人仍握在手上的手機，於是走過來溫柔提醒：「先生不好意思，飛機即將起飛，麻煩將手機收起來喔！」

「不好意思。」

在對話框中迅速敲出一行文字，然後送出。

「好了啦快把手機關機，等下飛機後你再跟小逸聊個夠本。」

「知道啦，媽妳別老是偷看我跟書逸的對話。」

高仕德一邊跟老媽抬槓，一邊按下側邊的電源鍵，把手機放進外套口袋。

城市的另一頭，周書逸坐在窗臺邊，看著剛剛收到的簡訊：

逸，我也喜歡你。

「果然，愛上一個人，就跟笨蛋畫上了等號。」

微笑看著窗外的天空，忍不住彎起嘴角。

愛上一個人，就和笨蛋畫上了等號。
不如就這樣下去，一起笑，一起想念，一起變傻吧！

《永遠的第一名》完，《第二名的逆襲》精采待續

番外篇1　你的未來，只能有我

周家

喀嚓！

門鎖落下的聲音彷彿點燃激情的開關，都喝了點酒的兩人摟著彼此的後背，在玄關處忘情擁吻，不久前才戴上右腕的手鍊，是彼此認定情侶關係的見證。

「高仕……德……」

含糊的輕喚很快被另一輪的親吻淹沒，彷彿心靈相通般各自收回摟在對方背後的雙手，主動脫去穿在自己身上的外套和襯衫。

鞋子和襪子被遺留在玄關的地板，身為屋主的周書逸一邊親吻情人一邊倒退走進客廳，熟練地引領對方繞過客廳內的家具，來到擺放在落地窗前的平臺鋼琴。

「唔……唔嗯……」

周書逸回應著緊緊相貼的脣瓣，回應在身上點火的男人。

從不知道高仕德是這麼衝動的人，可是轉念一想，只有自己才能讓向來冷靜理智的人失控到這般程度，卻又禁不住地得意。

赤裸的後腰貼在鋼琴冰涼的琴臺，為了穩住身體而摸索支撐物的右手，意外壓上掀開琴蓋的琴鍵，讓維也納製造的貝森朵夫鋼琴發出響亮的高音。

突如其來的琴音，驚醒沉溺在親吻中的情侶，兩個人你看著我、我看著你，同時笑了出來。

「接下來該怎麼做？」

周書逸紅著臉，不知所措地看著也在喘氣的另一個人。

「你……」高仕德難得流露不自信的語氣，小心翼翼詢問：「你真的願意？」

「廢話。」臉紅的人瞪了對方一眼，說：「如果我不願意，你能進我家的門？」

話語間的驕傲和張揚的自信，讓打從初次見面就被深深吸引的人重重抽了口氣，這樣的周書逸在他眼中真的好帥。

「反正都這樣了，就再讓你一次。」

假裝無所謂地說著，然而眼神卻出賣自己的心虛，挪開視線不敢直視站在面前的人。

套句蔣聿欣開玩笑時說過的話，兩個男人之中得有一個人躺下，他不在乎自己是不是躺下的那一方。因為是高仕德，所以無論怎樣他都心甘情願，只不過該怎麼躺下好像才是最大的難題。

畢竟在這方面……

他毫無經驗。

「謝謝你讓我。」

高仕德揚起微笑，伸手撫向他喜歡了很久的人，感受著從手掌傳來，屬於情人的熱度。

「不……不客氣……」

靠在琴臺的人點了點頭，臉頰兩側的耳朵一瞬間紅得徹底。

＊　＊　＊

周書逸坐在黑色的琴椅，後背靠在放下的琴蓋，感覺周遭的空氣熱了起來，覺得彼此的喘息被無限放大，心跳聲彷彿鋼琴的節拍器，從 40BPM 的慢板，被調快成 120BPM 的快板，震動著彼此的胸口。

屈膝跪在椅子前方的人，一顆顆解開周書逸襯衫上的釦子，指尖滑過隨著呼吸起伏的胸膛、滑過在游泳訓練下鍛鍊出的結實腹肌，然後滑向包覆重要部位的牛仔褲，緩緩拉下褲襠處的拉鍊……

高仕德仰起頭，看著情人染上紅暈的臉頰，明知故問：「緊張嗎？」

「再囉嗦就換我來。」

本就害羞得不知所措的人，瞪著都這種時候還想欺負他的壞蛋，威脅。

「好，我不說話。」

寵溺地彎起嘴角，臉上洋溢藏不住的感動。

如果時光倒退，過去的他絕不相信，自己能和驕傲的王子成為相戀的情人。他明白周書逸的「讓」，是對這份感情的堅定，以及對自己的相信。

相信「高仕德」不會辜負這份信任，相信他會把滿滿的幸福與愛，交放到「周書逸」的手上。

於是伏低身體，猶如虔誠的信徒緩緩靠近他所信仰的神祇，親吻顫抖而滾燙的肌膚、親吻位於腰側和胯下之間的人魚線，感受空氣中逐漸粗重的喘息，然後開口。

「書逸，我喜歡你。」

「……」

已被撩撥得渾身滾燙的人，再次聽見低沉的嗓音對自己做出愛的告白，羞澀地咬了咬乾澀的脣瓣，彎著腰拉近彼此之間的距離，勾住看似精明、在他面前卻始終傻得可愛的男人，貼著他的耳廓，慎重說出屬於他的表白。

「高仕德，我更愛你。」

比你愛我，更愛著你。

因為更愛，所以不在乎讓出情慾的主導權，讓我只屬於你。

而你，也只屬於我。

「逸……」

真摯訴說的愛語，讓高仕德輕輕一顫，低頭吻上已經有了反應的地方，用他的渴望與情感寵愛他的王子。

讓他的腦子，只記得自己的存在，讓他的身體，記住相愛的感覺。

然後抱起無力站起的周書逸，走進房間放上柔軟的雙人床，脫去仍穿在身上的鐵灰色牛仔褲，將自己覆上情人滾燙泛紅的身體，挑逗每一處的敏感，聽著周書逸發出煽情誘人的聲音，然後緩慢而溫柔地進入，直到兩人體力耗盡，仰躺在凌亂的雙人床上。

「等我有空，我就飛去美國找你。」

仍在喘氣的人，翻身側躺在高仕德的旁邊，看著對方俊美的側臉，說。

「好，我等你來。」

「一言為定。」

周書逸伸出右手的小拇指，對高仕德眨眨眼睛。

「一言為定。」

繫著同款手鍊的右手，也伸出小指，勾上情人的小指，許下承諾。

就像他送出手鍊時說的——

你的未來，只能有我。

我的未來，也只會有你。

【完】

番外篇2　愛情的直接證據

「劉秉偉你又來。」

方政文沒好氣地看著剛響起下課鐘，就準時出現在教室外面的人。

劉秉偉甩著背包大搖大擺走進教室，對方政文反問：「怎麼，有規定我不能來嗎？」

「我們系上的學弟妹都以為你是直屬學長，你說你一個法律系的成天跑我們財金系幹什麼？」

「反正不是因為你。」假裝嫌棄地朝對方甩了甩手，然後走到周書逸前面的空位，拉開椅子坐下：「書逸，社團聯誼活動在揪唱KTV，你去不去？」

「沒興趣。」

「是喔，那我也不去。」劉秉偉看著拿起背包起身的人，問：「欸你去哪？」

「練琴。」

「我跟你去。」

邊說邊站了起來，搭著周書逸的肩膀一起離開教室。

「唉……」

方政文看著兩人的背影，忍不住搖頭嘆氣。

明明是個對音樂毫無興趣，每次聽書逸彈琴都會聽到睡著的人，卻還是每一次都跟著去琴房練琴。

感情這玩意真是沒有道理，就連做著蠢事也覺得幸福。

＊　＊　＊

『高仕德！我喜歡你！從你轉學過來我們成為朋友後，就很喜歡你。』

『我知道。』

『你知道？你知道我喜歡你，卻從不拒絕我的靠近？看我這樣傻傻地繞著你轉，很有趣是嗎？』

『我把你當作我最好的朋友。』

『但我不是！』

『哲宇，不要把自己的感情強加在別人身上，感情不是你付出就會得到回報。如果我的行為讓你誤會，我很抱歉。你的感情我無法回應，可是我真的把你當作無話不談的朋友，希望以後我們也還是朋友。』

淚水，模糊眼前的一切。

無法停止瘋狂奔跑的雙腿，彷彿快速耗盡的體力能帶走被人拒絕的痛苦。

「為什麼不是我？為什麼不是我？」

眼淚被風吹散在冰冷的臉頰，吸入大量冷空氣的喉嚨嘶吼著他的不甘心。

然而仍在運作的大腦卻理智地告訴自己，高仕德說得沒錯，感情不能強加、不能勉強，更不是只要付出就會得到回報。

砰！

就在身體快要倒下的前一秒鐘，突然撞上從建築物轉角衝出的另一個人。

石哲宇被撞得跌坐在地上，對方雖然沒那麼慘烈，卻也倒退兩步，揉著額頭飆出髒話。

「靠！誰啊？」

劉秉偉氣得放下揉搓額頭的右手，終於看清楚撞到自己的人究竟是誰，卻在看到那個人臉上的淚水後，愣住。

「石哲宇你……哭了？」

「不用你管。」

「噗哧！」

這句話讓劉秉偉忍不住笑了出來，卻惹怒已經非常不爽的人。

「你笑屁。」

「抱歉抱歉，我只是想到之前在社團送舊夜遊活動時，你也對我說過這句話。」

『你怎麼了？』

『不用你管。』

『既然這麼害怕，為什麼還來參加？要不要跟我組隊？我們一起闖關。據說這次的獎品非常豐富，沒拿到的話可是很可惜喔。我知道你又想說不用你管，不過只要忍耐一下讓我管個二十分鐘，保證帶你闖關成功。』

『要我答應可以，不過你得把你那份獎品給我。』

『成交！把手給我，我們一起收集闖關成功的印章。』

『成交。』

「……」

石哲宇愣住，也想起了那次在活動中的偶遇。

原本他是因為高仕德才參加活動，沒想到卻意外和眼前的人組隊。如果沒有這個人，怕鬼的他別說完成闖關任務，連怎麼走回入口放棄參賽的勇氣也沒有。

劉秉偉對著跌坐在柏油路上的人伸出手，說：「手給我，我帶你去個地方。」

「去哪？」

「去了就知道。」

晃了晃已經伸出去的手，微笑等待另一個人的手。

溫柔的笑容就像神奇的魔法，瞬間撫平了剛才的痛苦，於是把手伸向對方，讓他把自己從地上拉了起來。走到學生停放摩托車的地方之後，接過劉秉偉遞來的備用安全帽坐上機車後座，看著騎車的人熟練地穿梭在馬路上，直到把車子停在懸掛KTV招牌的建築物前。

「走！唱歌去！沒有什麼煩惱是一頓美食加唱歌不能解決的，如果還是解決不了，就兩頓。」

笑嘻嘻地比出兩根手指，也不管對方願不願意，便逕自走向櫃檯跟服務生開了個雙人包廂，然後搭著石哲宇的肩膀把人帶進包廂，點了一堆吃的和歌單後，一人握著一支麥克風，無視嗓音如何，大聲唱歌大口享用美食。

＊　＊　＊

教學大樓

足以容納將近兩百位學生共同上課的階梯教室內，講臺上的教授正在解釋刑事訴訟法中，各種證據的類型分析。

直接證據，是指可以直接證明犯罪事實的證據。例如凶器上的指紋，所以在殺人案件中，凶器可認為是案件的直接證據。

間接證據，是指雖不能直接證明犯罪事實，卻可從該證據呈現的事實直接推論犯罪事實為真。例如在案發時間前後，附近的監視錄影機只拍到加害者出入現場，那麼監視錄影的畫面就是凶案的間接證據。

但由於間接證據無法直接證明犯罪事實存在，因此在實務上，最高法院曾在七十六年做出上字第 4986 號的判例，替間接證據的證據能力做出規定。

該判例中指出，認定犯罪事實所憑之證據，不以直接證據為限，亦包括間接證據；然無論直接或間接證據，其為訴訟上之證明，須於一般人均不致有所懷疑，而得確信其為真實之程度者，始得據為有罪之認定。

「除了直接證據和間接證據外，另外還有『輔助證據』，而所謂輔助證據的意思就是……」

講臺上，教授口沫橫飛地闡述著；講臺下，坐在最後一排的人，卻陷入沉思……

昨天偶然遇見石哲宇，因為沒辦法對一個哭泣的人撒手不管，於是騎著摩托車把對方載去KTV唱歌，然而在喝了幾罐啤酒後，酒量不好的人卻開始吐露心聲。

石哲宇說自己早就喜歡上高仕德，本想在畢業前告白，沒想到高仕德卻已經和周書逸走到一起。還說原來高仕德曾經說過，有個從小學開始就暗戀的對象，就是以前水火不容彼此較量的周書逸。

突然得知的消息，讓他的大腦有好幾分鐘的空白……

因為他也對周書逸頗有好感，也想過跟對方表白；可是很奇怪，當他聽見高仕德跟周書逸在一起後，卻不像石哲宇那樣大受打擊，甚至因為「失戀」而哭泣。

這讓只會唸書，上大學以前的生活只有學校、家、補習班三點一線，毫無戀愛經驗的他，不得不認真思考，思考之前對周書逸的「喜歡」，是不是真的喜歡？

還是只是因為自己喜歡照顧人的個性，加上又是游泳社的社長，所以理所當然地把那個人列入想要保護的對象，然後把保護的想法，錯當成喜歡？

就像教授說的，無論是自己沒有因為聽見周書逸跟高仕德在交往，而受到打擊的「直接證據」，抑或在得知消息後沒有任何情緒起伏的「間接證據」，全都指向同一個答案——

他對周書逸的喜歡，不是愛情。

「喂！發什麼呆啊！」

突然，左手邊閃來一個人影，用力拍打劉秉偉的肩膀。劉秉偉嚇得轉頭，卻看見昨天一起唱歌的石哲宇。

「石——」

大聲驚呼的聲音突兀地在教室響起，石哲宇趕緊伸手摀住劉秉偉的嘴巴，然而卻已經引起前面的教授注意。

原本正在黑板上抄寫重點的教授，轉身看向坐在最後一排的學生，握著麥克風問：「同學有什麼問題嗎？」

石哲宇代替仍在震驚狀態中的人，做出回答：「報告教授，沒有。」

「好，沒有問題的話，我們就繼續講解關於積極證據和消極證據的部分。」

教授低下頭翻開教科書的下一頁，繼續講解證據的章節。

「你怎麼會在這裡？」

劉秉偉拽下摀在嘴巴上的手，用氣音小聲問著。

「找你。」

「找、找我？」

聽到這個回答的人，心跳瞬間漏了一拍。

石哲宇顯然沒注意到對方的異狀，只是移開視線，有點尷尬地說：「謝謝你昨天陪我，還把喝醉的我送回家，不過你怎麼知道我家的地址？」

昨天因為心情鬱悶，點了半打啤酒在KTV的包廂內猛灌，之後發生了什麼事情完全失憶，醒來後已經躺在家裡的床上。

詢問老媽後才知道昨天是被叫做劉秉偉的同學送回家裡，對那個幫忙把醉到不省人事的兒子一路背上五樓，還把他抱到房間的男同學，老媽既感激又生氣，感激那位同學把兒子平安送回家，生氣兒子竟然醉成那樣，萬一出了什麼意外，那她這個做媽的豈不是要哭死。

「你們班代表是戲劇社的副社長，我找他問的。」

「是喔，那就好。」聽見對方不是去找高仕德詢問自己家的地址，石哲宇終於放下之前的擔心，於是拍拍劉秉偉的手臂，說：「我請你吃飯，當作回禮。」

「不用啦，我也只是沒辦法不管你。」

「不行，我一定要請客。」

劉秉偉露出苦笑，舉起慣用的右手，解釋：「改天吧，昨天把你抱上樓的時候扭傷了，這幾天我都得用左手吃東西。」

昨天石哲宇在包廂裡喝個爛醉，只好叫了計程車把他送回家，看見阿姨抱不動已經成年的兒子，乾脆好人做到底把人背上公寓五樓。走進石哲宇的家，把他抱到臥室的床上，然後再坐著計程車回到ＫＴＶ旁的停車場，騎著摩托車回家。

「我餵你。」

石哲宇剛說完這句話就後悔了，他們雖然有共同朋友，然而彼此之間卻沒有那麼熟悉。

劉秉偉笑了笑，看著露出尷尬表情的人，說：「好啊，你餵我。」

＊　＊　＊

從那天後，劉秉偉不再狂跑財金系的教室，反而是資工系的石哲宇，經常出現在法律系的教室，替右手扭傷的人抄寫上課筆記，然後在中午或下課後相約吃飯或是一起在圖書館唸書。

「謝啦！明天學校見！」

「明天見！」

石哲宇熟練地離開機車後座，解開下巴處的扣環把安全帽交給對方，劉秉偉接下備用的安全帽，注視著對方走進公寓後，才發動油門騎車離開。

回家後，劉秉偉走進書房，看著掛在書桌旁的牆壁上，用來記錄待辦事項或唸書進度的白板，拿起板擦擦去上面的筆跡，用黑筆在上面畫下一條長長的黑線。

黑線把白板分成兩個區塊，左邊寫著「喜歡」，右邊寫著「不喜歡」，然後用藍色白板筆在「不喜歡」的下面，寫上：

哭。

挑食。

看見高仕德時難過的眼神……

接著在左邊的「喜歡」處，寫著：

單純。

笑容。

認真。

喝醉酒的時候。

不小心在圖書館趴在桌上睡著的時候。

還有……

跟我互嗆的時候。

「哭，最近少多了。」

劉秉偉拿起紅筆，把不喜歡下面的「哭」打上大大的刪除線。

「以後，我會讓你的笑容越來越多，直到你完全走出失戀為止。」

邊說著，邊向後退了幾步，看著白板上的每一個紀錄，臉上的笑容，變得更深。

原來，這就是愛上一個人的直接證據。

他，的確喜歡了叫做石哲宇的那個人。

那麼證明之後呢？

該怎麼辦？

就是耐心等候，努力付出，直到對方也愛上他的那一天。

畢業典禮後，劉秉偉和石哲宇給對方送上祝福的花束，離開校園展開各自的生活。雖然會在專屬的聊天室裡聊天，然而忙碌的實習和考試，卻讓他們沒有再見過面……

【完】

番外篇３　冷掉的年夜飯

「新年快樂，祝您身體健康萬事如意。」

「仕德真乖，來，這個紅包給你，要乖乖聽爸爸和媽媽的話喔。」

「嗯，謝謝舅舅舅媽。」

「哎呀，守一又長高啦！真是越來越帥了，今年要考大學了吧，加油喔，考上醫學院後就是未來的醫院繼承人了。」

「謝謝姑姑。」

除夕夜，是家人團聚的日子。裴守一站在敞開的大門口，和父母一起迎接來家裡吃年夜飯的親戚和受到邀請的客人。

晚餐時，特地請來的外燴團隊在開放式的廚房不停忙碌，廚師每料理好一道菜色，服務人員立刻把熱騰騰的美食端上餐桌。

雖然聘請專業團隊來服務的價格並不便宜，不過比起在飯店訂下包廂，還是在家裡吃年夜飯更有過節的氣氛。

足以容納二十人的餐廳裡，長輩們坐在一桌，晚輩們坐在一桌，熱熱鬧鬧吃著團圓飯，話題也從互相祝福身體健康事業順利，聊到孩子們的學業和成績狀況。每到這種時候，總免不了提起小輩中成績最優秀的孩子，裴守一。

「院長可真有福氣，守一肯定穩上T大醫學系。真好，不像我家的兒子，將來能考上個國立大學我就要去廟裡還願了。」

在T大醫學院擔任教授的男性客人端起酒杯，稱讚身為醫院院長的裴母。陪著老爸一同前來的國中生，則瞪著跟自己同桌吃飯，害他從小到大總是低人一等的男生。

裴母用手掩著嘴角，藏不住驕傲地說：「能不能順利考上還不知道，如果真的考上了，未來幾年還得麻煩張教授多多提點。」

「一定一定，像守一這麼優秀的學生，我可是求之不得。」

裴母舉起酒杯，向兒子未來的指導教授敬酒，微笑：「那就先謝謝教授了。」

「院長您客氣了。」

身為話題主角的十七歲男孩，從頭到尾一句話也沒說，只是默默吃著桌上的菜餚。同桌的孩子們雖然也互相打鬧聊天，卻沒有人敢跟這個沒有表情的哥哥說話。

「裴守一，已經超過半小時了，還吃？」

坐在主桌的裴父突然臉色一沉，把手中的筷子拍在桌上，也不管旁邊是不是還有其他客人，對著仍在吃飯的兒子嚴肅地說。

被點名的人表情冷淡地放下碗筷退開椅子，就像接受指令的機器人般，起身向長輩和客人們鞠躬行禮，聲調毫無起伏地說：「新年快樂，我吃飽先回房間了。」

「吃吃吃，只會吃，當自己是豬嗎？成績都退步了還有臉吃飯。」

無視父親當著親戚和客人們的面，鄙視又諷刺的辱罵，男孩轉身背對陷入沉默的餐廳，在其他人尷尬的目光下回到自己房間。他拉開椅子坐在書桌前，打開之前複習到一半的考試內容，繼續練習各種艱澀的考古題。

「守一哥哥……」

這一切，全都被七歲的男孩看在眼裡。

男孩看著裴守一離開後，像是什麼事都沒發生過、繼續聊天說話的大人們，看著才吃了一半就放在飯碗和盤子裡慢慢冷掉的年夜飯，小聲喊著大哥哥的名字。

＊　＊　＊

學期結束前的期末考，他以十分的差距成為全校第二名，即使在班上仍是永遠的第一名，可是這樣的成績，在父母眼中就是失敗。

醫學界權威的父親，大型醫院院長的母親，讓他從小學一年級開始，有了「成績單」這種東西之後，就背負著父母的期望。無論比賽還是考試成績，「裴守一」都不被允許在第一名以外的位置。

一旦失敗，就得面對無止盡的嘲諷和羞辱，並且旁觀的人越多，父親的羞辱就更加殘酷，直到重回排行榜上的第一名為止。

就像在泰國風景區裡，被銬上鐵鍊、不分日夜馱著遊客穿過叢林的大象，就算被鐵鍊磨破皮膚滲出鮮血長滿膿包，也只能低頭忍受，否則象夫就會毫不留情地用鞭子抽打。

唯一一次的反抗，是在國三畢業旅行前的期末考。

看著因為疏忽漏寫而落到九十分以下的成績單，心想如果讓父親看到這樣的分數，絕不會在畢業旅行的家長同意書上簽名，那他在畢業前僅此一次跟朋友們出去旅遊的機會，就會消失不見。

所以走進雕刻印章的店內，偷偷刻了班導師的印章，蓋在用印表機列印的偽造成績單上。就這樣，他成功騙到父親的簽名，然後模仿父親筆跡，在真正的成績單上簽名。

以為這樣就可以騙過父親和母親，然後順利地讓他們在家長同意書上簽章，沒想到在發下成績單的一星期後，母親因為去學校參加家長會，班導師詢問起他成績退步的原因，偽造成績單的事情因此曝光。

回家後，父親把他叫了過去，把真正的成績單放在桌上，冷冷地說了一句……

『畢業旅行我幫你跟老師請了假，那幾天我會幫你請家教，你就在家裡好好讀書。』

『爸！可是我答應同學——』

整整三年不是上課就是去補習班、不是去補習班就是回家跟家教補課，從沒跟朋友出去吃過一頓飯，更別說是約著出去一起玩的他，好不容易等到畢業旅行的機會，那是他能離開家喘口氣，跟朋友留下美好回憶的唯一機會。卻被父親的一句話，徹底抹殺。

『爸！我求你，對不起我錯了，拜託你讓我……』

第一次反抗、第一次對父親跪下……

哭著道歉、哭著說他錯了、哭著答應無論之後要上多少家教課、要去補習班補上多少課、要他唸書唸到多晚才能睡覺都可以，只希望父親能在畢業旅行的家長同意書蓋上同意的印章。

卻被冷漠拒絕。

『連考試都考不好的廢物，沒資格跟我談條件。』

『爸……』

『我都是為了你好，等長大後你會感激我的。』

『……』

於是，畢業旅行的照片裡沒有他，畢業紀念冊上除了每個同學都有的大頭照以外，也沒有他。

因為他只有數不清的獎狀，和讓別的父母羨慕、足以鋪滿好幾面牆壁的第一名的成績單。

卻沒有生活照，也沒有和同學一起合拍的照片。

叩叩！

「守一哥哥，我可以進來嗎？」

站在走廊上的小男孩，敲著反鎖的房門，小心翼翼地詢問。

裴守一起身走到門口，打開門，看著小了自己十歲的表弟，問：「你來做什麼？」

高仕德舉起抱在胸前的故事書，仰著小臉：「我能不能在哥哥的房間裡看書？我會乖乖地待在角落，不會吵哥哥唸書，可以嗎？」

想拒絕，卻又不想被好面子的父母拿這個當藉口，然後在客人面前給自己難堪，只好讓小表弟進入房間。

男孩也和他說的一樣，盤腿坐在離書桌最遠的角落，打開自己帶來的故事書，不吵不鬧地看著。

之後，這個小表弟就經常來家裡找他，說要請哥哥教他功課。

這個理由讓父親很是滿意，況且高仕德也是成績優秀的好孩子，於是答應讓裴守一擔任小表弟的家庭老師。

一次、兩次、三次……

直到高仕德第四次走進他的房間，裴守一再也忍不住，轉身對著在角落擺了張桌子，自己乖乖寫作業的小表弟，問：「你明明不用我教你功課，為什麼還來我家？」

這小子為什麼不像其他人一樣，跟他保持客氣卻疏遠的距離？

小男孩放下鉛筆，抬頭看著比自己大了十歲的裴守一，認真地說：「有我在，哥哥就不會孤單了。」

「誰孤單──」

驟然停止的聲音，讓原本想要反駁的人皺起眉頭。

「孤單……孤單……孤單？」

裴守一不斷重複著這兩個字，彷彿在自己胸口有一個只有他能看見的破洞，而那個破洞，正慢慢擴散到其他的地方。

＊　＊　＊

遊樂園

「守一哥哥，你看！」

聰明的小男孩藉著感謝守一哥哥讓自己考了第一名的名義，讓裴守一的爸媽答應讓表哥帶他去遊樂園玩。

高仕德握著表哥的手，指著有好多小朋友在玩耍的旋轉木馬，開心地說：

「我們也去玩。」

「嗯。」

裴守一拿出錢包，從裡面抽出千元大鈔遞給販售票券的窗口，將紙鈔兌換成遊戲幣，然後被小表弟拽去排隊等候的隊伍後面。

「你還是不快樂嗎？」

男孩晃了晃被他握住的那隻手，仰著頭看向表哥。

「所以你說謊也要帶我來這裡，就是希望我覺得快樂？」

「對啊！」

裴守一嘆了口氣，蹲在地上看著性格開朗的小表弟，羨慕他即使面對父母離婚，也沒有失去的笑容，摸摸他的頭頂，說。

「沒用的，我真的感受不到。」

自從他第一次告訴高仕德，自己不知道什麼是快樂之後，小傢伙就用各種方法，拚了命地想讓他感受到快樂。

買來好玩的東西、帶來自己最喜歡的故事書、把捨不得吃的蛋糕分給他吃、分享同學說過的笑話，一再努力的樣子讓裴守一不懂，不懂這孩子為什麼要這麼在乎，在乎他究竟開不開心？在乎他快不快樂？

這些……

連生下他的父親和母親，都不在乎。

高仕德看著大哥哥的臉，紅了眼眶，因為裴守一的臉上有著媽媽決定和父親離婚後，一模一樣的表情。

一模一樣，被奪走笑容的表情。

小男孩看著蹲在面前的表哥，握緊拳頭認真地說：「沒關係，下次我們去動物園玩，看見可愛的小動物一定能讓守一哥哥感受到快樂，一定！」

「嗯。」

裴守一彎起嘴角，模仿正常人會在這個時候做出的表情，用偽造的笑容做出回應。

只要還有人願意為他努力，那他也願意繼續努力……

努力扮演一個會哭會笑，擁有情感的正常人。

＊　＊　＊

醫院

「不！不可能！我兒子怎麼可能是情感障礙症？他成績仍然維持在全校第一名，而且還考上了錄取率不到百分之二的T大醫學系，怎麼可能是情感障礙症？」

女人抓著醫師的白袍，歇斯底里地在只有三個人的診間內咆哮。

「院長，公子的確是情感障礙症，而且是情感障礙症中的情感淡漠症。」

心醫科主任試圖用平緩的語氣，對既是院長又是母親的女性，解釋在歷經數個月的心理諮商後，對裴守一做出的診斷。

「……」

診間內，裴守一坐在等候的長椅上，看著緊張的心理醫生、看著嘶吼怒罵的母親，彷彿眼前的一切都與他無關，他只是這場鬧劇的旁觀著，沒有感覺地看著母親和醫生的演出。

『仕德，我感受不到快樂。』

這句話，是所有事情的起源。

起初，他好奇小表弟為什麼在看見動畫的某個片段時會發出笑聲，然而同樣的畫面在他眼中就只是畫面，沒有任何感覺。

之後，他就像探索解不開的習題，不斷抓著高仕德詢問……

仕德，為什麼開心？

仕德，為什麼沮喪？

為什麼害羞？

為什麼恐懼？

因為他察覺自己的不對勁，在他的世界裡一切的情感全被絕緣，絕緣得讓他感受不到。只能透過唯一會接近自己的小表弟，透過唯一會不厭其煩回答他的問題的小表弟，掙扎理解人類該有的情感，掙扎地，想成為一個不會被當作異類排斥的——正常人。

扭曲的成長環境、壓迫式的教育方式、羞辱諷刺的怒罵，每一個原因都像在壓力鍋中不斷累積的蒸氣，在他確定自己的名字出現在T大醫學系榜單上，累積到瀕臨爆炸的臨界點。

在父母邀請親戚慶祝的聚餐餐會上，在父親和母親驕傲說出兒子考上T大醫學系的那一刻，他在所有人的面前昏倒，被送進母親經營的大型醫院，在病床上躺了整整半個月。

半個月，無論用什麼儀器檢測，都找不到任何身體上的病症，直到身心科醫生介入，在長達半年的諮詢後，確定他的心，生病了。

情感障礙症 affective disorder，是他的病名；情感淡漠症，是他在這個心理疾病之下的分支狀況。

情感障礙症的患者，缺乏對外界刺激相應的情感反應，既缺乏自信、驕傲感，也缺乏羞恥、自責感，可是患者本身通常卻不會意識到自己有情感貧乏的狀況。

正常的人，看見旁邊的人在哭，自己也會哽咽；朋友生病了，也會心生同情。可是情感障礙症的人，卻彷彿跟一切毫無關係，不會給傷心哭泣的人遞衛生紙、甚至躺在病床上的是自己親人也看都不看一眼，就連自己痛苦，也不懂得向外求援。

正常人覺得這樣的人沒有感情，冷血，把各種異常的標籤貼在他們身上，卻忽略了他們只是被情感的高牆排除在外，心理上有殘缺的病人。

「院長妳冷靜，除了藥物治療外，最主要的還是……」主任醫生看了眼坐在長椅上一臉漠然的大男孩，猶豫片刻後，嘆氣勸道：「院長，妳也知道，罹患情感障礙症的患者，藥物治療只是輔助，治標不治本，最重要的還是減輕造成心理壓力的來源，比如——對成績的要求。」

院長家裡的事情，身為職員和主治醫師的他多少有耳聞，雖然心疼優秀的孩子被逼迫到封閉內心，可是身為外人，他也無能為力。卻怎麼也想不到，這孩子還是走進了他的診間，成為需要治療的病人。

「你別亂講！我兒子沒病！我兒子沒病！」

裴母用力推開主治醫生，衝到裴守一的面前，拽著他的手臂想將他拽出診間。

「院長妳冷靜點，聽我說。」

「什麼壓力？我兒子那麼優秀怎麼可能有壓力？笑死人，虧你還是身心科的權威，竟然說我的兒子有問題，我的兒子怎麼可以有問題，不可以，絕對不可以。」

裴母瘋狂地想把裴守一從椅子上拉起來，一邊憤怒地對著自己醫院的醫生大罵：「守一，跟媽媽走，媽媽帶你去給其他醫生看病，你不可能是心理有問題，一定是身體上有狀況，一定是。」

裴守一冷冷拂去母親抓在手臂上的手指，緩緩地站了起來，用他透過觀察其他人的反應「學會」的表情，拉高嘴角，模仿正常人的笑容，看著他的主治醫生。

「謝謝醫生，謝謝你說出我心中的疑惑。」

這些年，他像個蹩腳的演員，努力偽裝成正常人。

什麼時候該笑？

什麼時候該悲傷？

什麼時候該說出安慰的話？

什麼時候得遞出衛生紙，給予正在哭泣的人？

透過反覆練習，讓本就聰明的大腦逐一記下。

直到今天，在他身上的「異常」，總算得到醫學上的答案——

Affective Disorde，情感障礙症。

「媽，謝謝妳把我養大成人。回去後，也幫我謝謝爸，謝謝他，讓我有能力養活自己。」

裴守一的臉上，有著解開疑惑後的釋然，他握住母親的手，對著母親露出偽造的微笑。

「守一你在說什麼？媽媽聽不懂。」

裴母敏銳察覺到兒子的異樣，她慌了，她怕了，眼前的裴守一和她以前看見的完全不一樣。

「你們想要的，永遠保持第一名的兒子，我做得好累，我不想再偽裝下去。養育我的生活費我會每個月匯到妳的帳戶，從今天開始，我會離開家一個人生活。」

只要還跟那對面子重於一切的父母住在同一個屋簷下，他就永遠不是個正常人。

永遠，恐懼自己不能時刻優秀；永遠，要被當眾羞辱；永遠，無法成為父母眼中最優秀的孩子。

裴母聽見兒子說的話，臉色鐵青，用猙獰的表情威脅：「你以為憑你一個大學生能完成學業？未來能找到高薪的工作嗎？沒有我，沒有你爸，你什麼都做不到。」

「也許吧，但至少我能活得像個人，而不是被奴役的大象。」

「什麼大象？」

「媽，妳還記得在很小的時候，我們一家人去泰國旅遊。那時候，我們看見一隻被鐵鍊拴著，被迫駝著遊客的大象。」

即使厚重的皮膚被鐵鍊磨破潰爛，也必須繼續工作，否則就會挨打的大象。

「這麼多年，我就是那頭大象，背負著妳和爸的面子，還有不斷拉高標準線的期望。現在我累了，不想再繼續背負了，反正爸也說過，不優秀的兒子他寧可不要。現在連醫生都說我有問題，在爸的眼中，我這個兒子還不如死了更好。」

裴守一張開雙臂，最後一次緊緊抱住了他的母親，抱住總是一身優雅套裝，踩著高跟鞋，驕傲走在人群之中的母親。

「媽，我走了，以後你們要好好照顧自己。」

然後鬆開手，往門口走去。

「守一……守一你回來……」

「媽，再兩個月就是過年，我終於可以好好吃完一頓不會冷掉的年夜飯，真好。」

說完，推開門，走出以暖色系布置的診間，緩緩關上的門板內，傳出母親憤怒和哀求的聲音……

「不！裴守一你給我回來！回來！」

＊　＊　＊

之後，他離開從小生活的家，搬到外面租了個套房當作落腳的地方。

頂著T大醫學系高材生的光環，不愁找不到家教的工作。學生的父母也願意付出更高的時薪聘請他擔任孩子的家教，彷彿只要這麼做了，自己的孩子也能和裴老師一樣，成為T大醫科的學生。

就這樣，他靠著家教的薪水半工半讀完成醫學院的學業，成功考取醫生執照，然後在學長的引薦擔任某所高中的校醫。

「啊——校醫不要——」

「再打架啊！敢打架就別在這裡鬼叫！」

「嗚嗚……」

因為跟別班的同學起衝突，結果演變成打群架的男學生們，一個個坐在裴守一的面前，乖乖地被無良校醫上藥。

「兩週之內不准碰水，誰敢把傷口弄到潰爛就等著被我揍，聽懂沒有？」

「知道了知道了。」

「還有，該跟我說什麼？」

「謝謝校醫。」

「滾吧！」

「喔耶謝謝校醫。」

包紮完傷口的男生們在喊完這句話後，用最快的速度逃離保健中心。只有一個人，像是逆向行駛的車輛，當所有人往外面逃竄的時候，端著碗剛泡好的泡麵，傻乎乎地走進裴守一的領地，揚起青澀的笑容，捧著泡麵開心問著。

「泡麵，吃嗎？」

＊　＊　＊

大學，保健中心

裴守一看著放在桌面上，缺了一角的馬克杯，想起打破馬克杯的罪魁禍首。在之前擔任校醫的高中裡，有個叫做余真軒的孩子，不僅不怕他，還經常跑到保健中心偷吃他藏在人體標本裡面的泡麵，無論阻止多少次都沒用。

「那孩子，應該有好好長大吧！」

裴守一笑了笑，溫柔地把馬克杯放進抽屜，拿著皮包起身走向門口，鎖上門，離開位於大學校園內的保健中心。

【完】

後記

第二次接下珮瑜的劇本改編小說，身為粉絲最爽的就是可以先偷看到整個故事，果然是一個讓人亮眼，探討「愛」的本質是什麼的故事。

在細讀劇本和人物小傳時，最讓我有感觸的是裴守一，得知這個角色是由張睿家演出後，更是被萌得一臉血。

醫生世家、被人豔羨的學霸、在父母眼中你的價值隨著成績單上的數字而起落，不由想起自己在學生時代，身邊真的存在過「醫學世家」的死黨。

當你能喊出稱謂的親戚，上自爺爺奶奶爸爸媽媽到堂表兄弟姊妹，八成以上都是醫學院畢業，甚至半數以上都是T大的畢業生，而你選填志願的時候除了T大醫學院以外，不被准許填寫其他志願時……

你，會成為怎樣的人？

「我是為你好」，當這句話榮登網路溫度計上最被孩子厭惡的一句話的同時，有多少父母正在用這五個字扼殺他們的孩子。

因為這樣，所以在番外篇中私心加上裴守一的「過去」。因為不曾被愛，習慣了將自己屏蔽在所有的情感之外，久而久之，「心」生病了，即使他自己就是醫生卻無法醫治。

直到余真軒的出現，裴守一的世界才有了溫度、有了色彩，有了不離不棄的陪伴。

感謝珮瑜最後把余真軒帶到裴守一面前，就像讓周書逸發現自己愛上了高仕德，把石哲宇交給劉秉偉。

如同這齣戲劇想傳達的訊息——愛，不分性別，就只是愛。

謝謝結果娛樂在寒流中帶來這齣溫暖的戲劇、謝謝編劇呈現不同面向的角色、謝謝始終陪跑的淳編。

最後私心地謝謝裴守一，希望透過你，安慰許多和你有相似經歷的人，讓他們得到勇氣，看到希望。

希望這次的改編也能讓大家喜歡，繼續戰戰兢兢朝著《第二名的逆襲》的截稿期邁進。（合掌）

祝大家

二〇二一年，都能擁有屬於自己的幸福，開開心心每一天。

——繼續跟好友一起關黑屋衝死線的羽大娘

永遠的第1名：WBL1
No.1 For you

原　　著／林珮瑜
作　　者／羽宸寰
發 行 人／黃鎮隆
總 經 理／陳君平
經　　理／洪琇菁
總 編 輯／呂尚燁
執行編輯／曾鈺淳
美術監製／沙雲佩
美術編輯／李政儀
國際版權／黃令歡、梁名儀
企劃宣傳／邱小祐、劉宜蓉
文字校對／施亞蒨
內文排版／謝青秀

國家圖書館出版品預行編目資料

永遠的第一名：WBL 第一部 / 羽宸寰小說作者；林珮瑜原著編劇. -- 1 版. -- [臺北市]：城邦文化事業股份有限公司尖端出版：英屬蓋曼群島商家庭傳媒股份有限公司城邦分公司發行，2021.02
面；　公分
ISBN 978-957-10-9367-3（平裝）

863.57　　109021716

出版／城邦文化事業股份有限公司　尖端出版
台北市 104 中山區民生東路二段 141 號 10 樓
電話：（02）2500-7600　傳真：（02）2500-2683
讀者服務信箱：7novels@mail2.spp.com.tw
發行／英屬蓋曼群島商家庭傳媒股份有限公司城邦分公司　尖端出版
台北市 104 中山區民生東路二段 141 號 10 樓
電話：（02）2500-7600　傳真：（02）2500-1979
劃撥專線：（03）312-4212
戶名：英屬蓋曼群島商家庭傳媒（股）公司城邦分公司
劃撥帳號：50003021
※ 劃撥金額未滿 500 元，請加付掛號郵資 50 元
法律顧問／王子文律師　元禾法律事務所　台北市羅斯福路三段三十七號十五樓

台灣地區總經銷／中彰投以北（含宜花東）　楨彥有限公司
電話：（02）8919-3369　傳真：（02）8914-5524
雲嘉以南　威信圖書有限公司
（嘉義公司）電話：0800-028-028　傳真：（05）233-3863
（高雄公司）電話：0800-028-028　傳真：（07）373-0087
馬新地區總經銷／城邦（馬新）出版集團 Cite（M）Sdn Bhd
電話：603-9057-8822　傳真：603-9057-6622
E-mail：cite@cite.com.my
香港地區總經銷／城邦（香港）出版集團 Cite（H.K.）Publishing Group Limited
電話：852-2508-6231　傳真：852-2578-9337
E-mail：hkcite@biznetvigator.com

版　次／ 2021 年 2 月 1 版 1 刷　Printed in Taiwan
2021 年 5 月 1 版 6 刷